1フランの月

安西水丸

小学館

【もくじ】

よく晴れていたけれど、
遠くは霞んでいた。
ぼくは空を見上げ、
小さく「さようなら」と言った。

小説「1フランの月」より

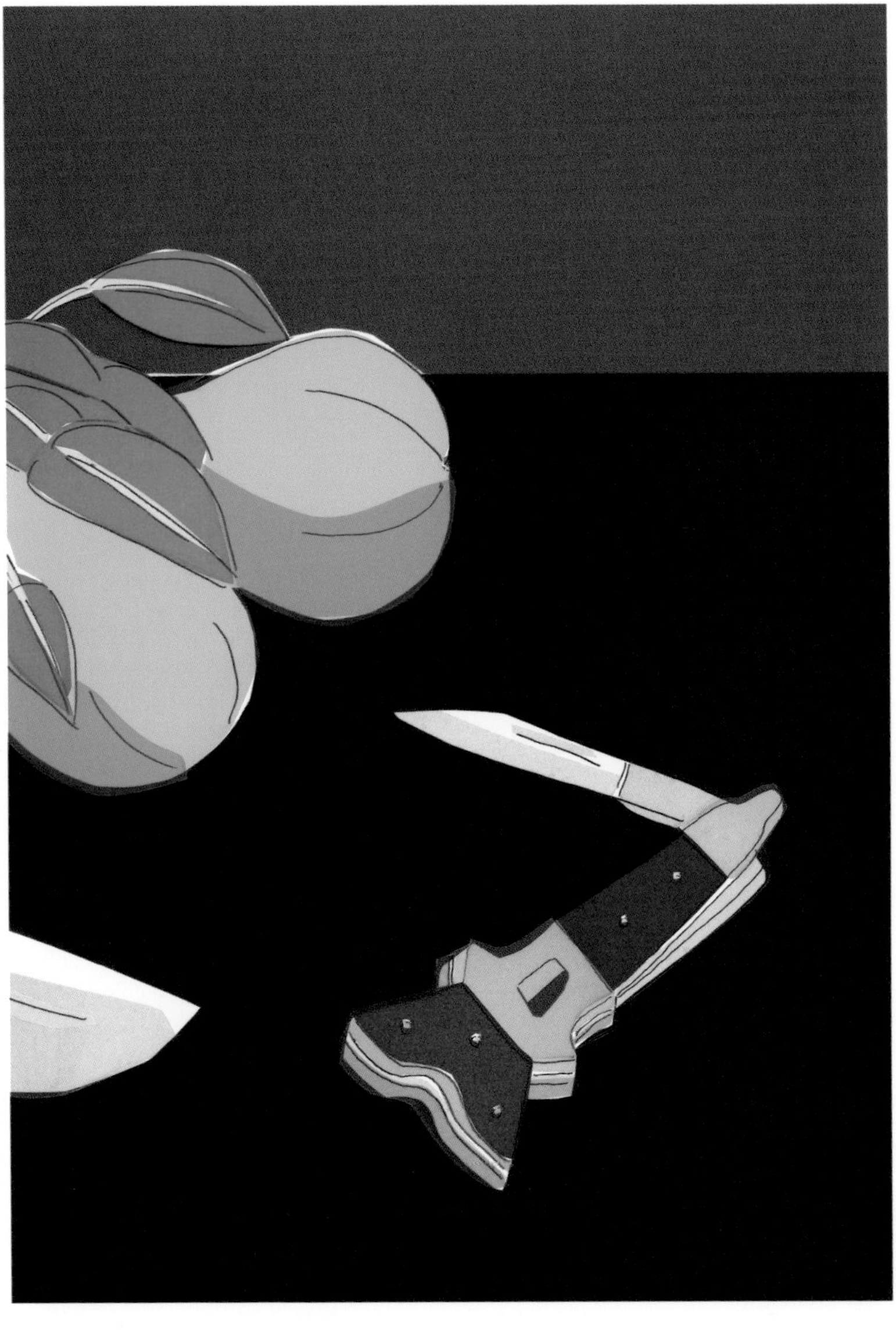

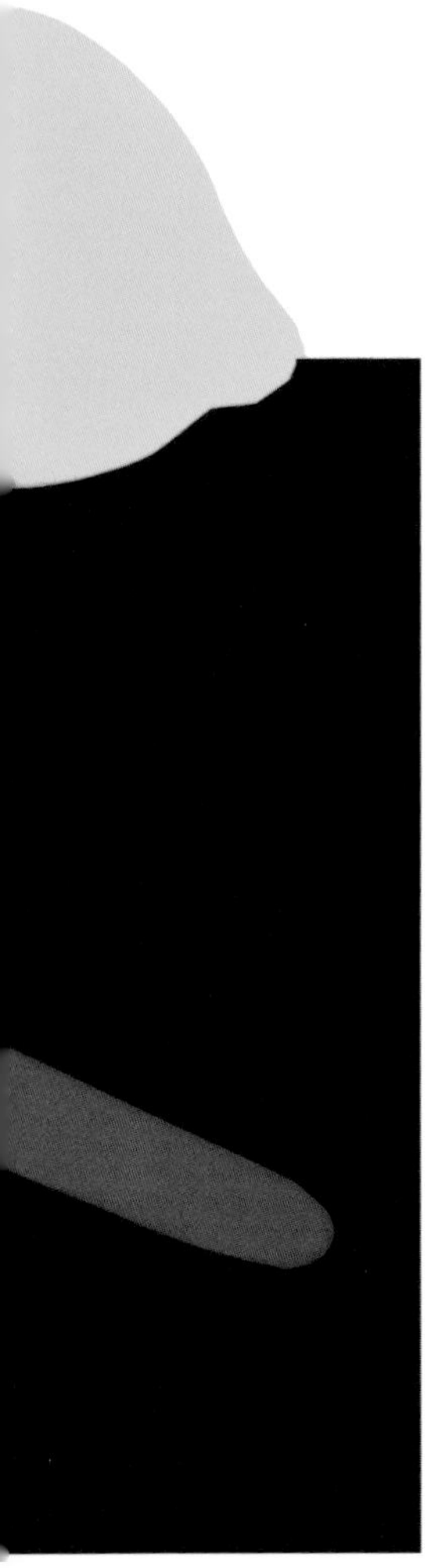

R MAIL

POST CARD

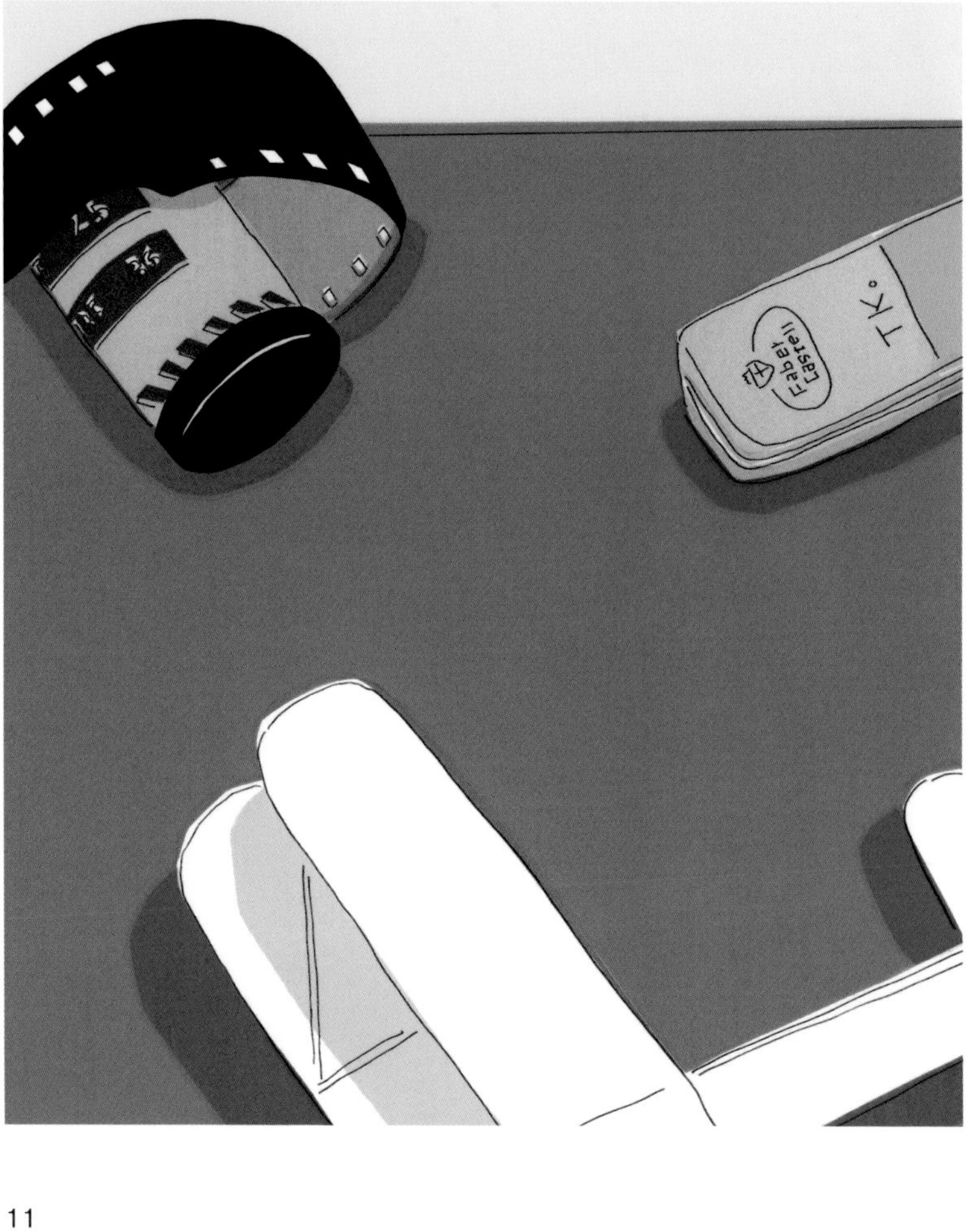
Faber Castell
TK.

1フランの月

第一章

オルリー空港を飛び立ったエールフランス機は三十分ほどして水平飛行に入った。ぼくは古い映画を思い出していた。

ヨーロッパ戦線に参加した連合軍の若いアメリカ人兵士が一人パリの路地を歩いている。彼はドイツ軍を追ってパリに入った海兵隊の兵士だった。彼に扮していた俳優の名前は思い出せない。

路地を抜けた兵士は、そこがセーヌ河に近いことを知る。目の前に橋がある。あの橋は確かアレクサンドル三世橋だった。

橋に立った兵士は一瞬跳び上って叫ぶ。

「エッフェル塔だ!」

兵士はおそらく美術少年だったのだろう。今、エッフェル塔を目にして、ついにパリにやって来た感動を口にしたのだ。

同じだなとおもった。

ニューヨークのケネディ空港を立ったのが三月の二週目の日曜日だった。ぼくはロンドンで三日ほどすごしパリに入った。市内へはオルリー空港からバスに乗った。街路樹はまだ冬の眠りから覚めず、真っ黒い樹が寒々しく佇んでいた。空はどこまでも灰色だった。二年間暮したニューヨークの高層ビル群に比べ、街並はどこか柔い肌ざわりを感じさせた。車窓の風景はやさしくぼくを包み込んだ。

バスが市内に近づいた時、遠くに細長い塔が霞んで見えた。それは灰色の空の下で、黒い網タイツをはいた女の脚のようだった。

——エッフェル塔だ。ついにパリに来たんだ——

ぼくは胸をしめつけられるおもいで車窓に顔を寄せた。

シートベルトのサインが消えた。ぼくはスチュワーデスからのワインを飲みながら座席に深々と腰を沈めた。前座席の背についているポケットに数冊のガイドブックがある。赤い屋根の白壁の家の写真が見える。すぐにポルトガルの風景だとわかった。ぼくは今、友人のいるリスボンに向っていた。

カメラマンの香川良介は大学からの友人だった。雑誌の取材でリスボンに来ているという手紙を受けて、ニューヨークから彼に返事を書いた。ぼくはちょうど帰国を考えていた。帰国する時はヨーロッパ廻りで、それは渡米した時からの夢だった。

帰国途中、リスボンで会いたい。ぼくは香川良介への手紙に書いた。

彼からの返事はさっそくパリのホテルに届いていた。ぼくはうしろ髪を引かれるおもいでパリを立った。パリは五日間だけの滞在になった。

「ワイン、おかわりいかがですか?」

スチュワーデスの表情から、ぼくは彼女のフランス語をそのように理解した。空になったグラスにワインが注がれた。

スチュワーデスは映画で見るフランス女優のような顔をしていた。ブロンドの髪をしっかりとピンで止めている。瞳は空の色をしていた。

里美のブラウンがかった大きな瞳をおもった。里美は二月の末に単身帰国した。理由は祖母の病気だった。あれほどいっしょにヨーロッパを廻って帰ることを楽しみにしていた彼女だったが、祖母の危篤の知せは辛かった。

「もう一度生きているおばあちゃんに、おばあちゃんって声を掛けてあげたいから」

里美は帰国を選んだ。

「祖母から聞いた話なんだけど、わたしの家、旗本くずれなんですって。明治になってすごく貧乏したらしいの。一膳飯屋なんかやったらしいの」

まだ里美と知り合ったばかりの頃、そんな話をしていたのを思い出した。お茶の水にあるマロニエという喫茶店でぼくたちはコーヒーを飲んでいた。あの時驟雨がいった。里美が帰国する前日、二人でエンパイヤー・ステートビルに上った。エンパイヤーに上るのは二度目だった。二月のセントラルパークは雪に埋れていた。

「梅が咲いてるだろうね」

ぼくは東京のことを言った。里美はオーバーコートについたフードをすっぽりと頭にかぶりハドソン川に背を向けていた。マンハッタンの春はまだ遠かった。

翌日、ぼくは里美をケネディ空港に見送った。朝から小雪のちらつく寒い日だった。タクシーがイースト・リバーを渡った時、里美は何度もマンハッタンを振り返った。もうこの街で二人で暮すことはないだろうとおもった。

三月に入って間もなく、帰国した里美から手紙が届いた。祖母の危篤状態は相変わらずつづいているらしかった。ぼくは自分ももうすぐヨーロッパを廻って帰国することや、予約できた旅先でのホテルの住所などを書いて返事を送った。

三月の最初の週末、働いていたデザイン・スタジオをやめた。開いてくれたささやかな送別会はうれしかった。

出発まで、荷作りとポスト・オフィスへの往復に明け暮れた。アパートの管理人に借りた手押し車で何度となく船便で送る荷物をポスト・オフィスへと運んだ。ガラスの器などは古着屋で買ったスタジアム・ジャンパーで包み込んで箱に詰めた。

出発の前夜、部屋はがらんとなった。外は強い風が吹いていて空には月があった。風が吹く度に、月はゆれて見えた。タオルケットにくるまって眠った。

少しうとうととした。機内のざわめきで、それがランチ・タイムだと知った。あと一時間もすればリスボンに着くはずだ。

あまり食欲がなかったので、ジャムを塗ったパンを半分ほど食べコーヒーを飲んだ。

「東京からですか?」

さっきのスチュワーデスが食器を片づけながら英語で言った。

「そうです」

一瞬、ニューヨークといった文字が頭をよぎったがぼくはそう答えた。

「時々東京まで飛ぶことがあるわ」

彼女は言った。

「リスボンへは？」

ぼくは言った。

「時々」

彼女は笑顔を見せて言った。しばらくしてリスボンのポルテラ・デ・サカベン空港に向って着陸態勢に入ったことがアナウンスされた。

また彼女がやって来て、カードを手わたした。カードには名前や、パリ市の住所、それに電話番号などが書いてあった。名前はフランソワ・フォール。いい名前だとおもった。ぼくは名前、東京の住所などを書いてわたした。彼女は東京に行ったら連絡すると言った。そして日本が好きだとつけ加えた。

時々、こんな外国人がいる。日本に対して特別な興味を抱いている外国人だ。フランソワ・フォールがそうであるかどうかはわからないが、機内での彼女の笑顔は異国を一人旅しているぼくには心強かった。

飛行機は雲を抜って滑走路に着地した。滑走路脇の草地にタンポポが咲いていた。

ホテルへはタクシーに乗った。空は抜けるように青く風にそよぐ緑がまぶしかった。

ホテルはロシオ広場に近かった。〈アンバサダ〉という。チェック・インするとボーイが来てスーツケースを部屋まで運んでくれた。ボーイはまだ子供だった。

しばらくベッドの上でぼんやりした。それから窓を開けて外を見た。家々の屋根は茹でた蟹の甲羅のような色をしていた。そんな屋根の上に古城の石垣が見えた。ぼくはフロントでもらった地図を開いた。城はサンジョルジェ城らしかった。

いつの間にか上空を黒雲が覆い、大粒の雨が落ちてきた。ぼくは雨から逃げる人々を見た。駅舎らしい建物があり、みんなはそこへと駆け込んでいった。

サンジョルジェ城の方へ目をやると、その上空は青々とした空があった。ぼくは日本で言う狐の嫁入りなどという天気を思い出していた。リスボンの驟雨はしばらくして去っていった。

ドアがノックされた。さっきのボーイがぼくの名前を呼んだ。ドアを開けると、彼はぼく宛ての手紙を持って立っていた。香川良介からの手紙だった。

ベッドに寝転んで彼の手紙を読んだ。内容はぼくをがっかりさせた。香川良介は仕事の都合で、ポルトガルからスペインのマドリードに移っていたのだ。一瞬途方に暮れたが、どうすることもできなかった。香川良介はマドリードに一ヶ月の予定でアパートを借りているとのことだった。

夜、ぼくは東京の里美に手紙を書いた。

――元気ですか。今、ぼくはポルトガルのリスボンに来ています。ロシオ広場という、リスボンの街の真ん中にある広場に近いアンバサダというホテルでこの手紙を書いています。おばあちゃんの方はいかがですか。元気になってくれたらいいね。

リスボンではカメラマンの香川に会うつもりでいたけれど、彼はスペインの方へ移動してしまっていました。だから今は一人です。ぼくはあと三回ほど観光したらマドリードへと向かうつもりでいます。

夕方、バイシャ地区を歩きました。ロシオ広場からテージョ川という川までまっすぐ延びるアウレア通りというのがあって、その途中の右に入ったところにサンタ・ジュスタというエレベーターがありました。なんとなく雰囲気が似てるなとおもったら、このエレベーターは、あのエッフェルが設計したのだそうです。夜はホテル近くのレストランで、ポルヴォの炊き込み御飯を食べました。ポルヴォというのはタコのことです。通りには子供の物乞いなどがいて、ちょっと怖いです。でもニューヨークに比べたらずっと安全です。

また書きます。手紙を待っています。宛て先はマドリードの香川のアパートでお願いします。

では元気で、皆様によろしく。——

ぼくは手紙をホテルの封筒に入れて封をした。シャワーを浴びると重く眠りが忍びよってきた。ラジオからポルトガル語が流れていた。遠くに来たとおもった。

翌朝、ぼくはカイス・ド・ソドレ駅からカスカイスへと向かう電車に乗った。フロントで、どこか海に行きたいと言ったらカスカイスという漁村があると教えてくれたのだ。電車の客室には一等二等三等とあって、ぼくは二等に乗った。そんなことが昔の日本のようでおかしかった。電車は左手にテージョ川を見て走った。車窓を赤褐色の屋根瓦をのせた市街が飛んでいく。

一時間でカスカイスの駅に着いた。風にのって潮の香がした。海が近いとおもった。改札口を出るとエビを焼いている屋台があった。ぼくは屋台の方へと歩いた。

毛糸の帽子をかぶった髭面の若い男が微笑みかけた。網にのせたエビを鉄の串で返している。ぼくは十エスクードの一皿を買って食べた。焼いた香ばしさと海の味がした。

海岸に出ると漁師たちが船に寄りかかって海を見つめていた。海上は風で荒れている。ぼくは砂の上に腰を下し、漁師たちの見つめている風波の立つ海を見た。

寝ころがると、どこまでも高い空が広っていた。小学生だった頃、空の青は塵埃《じんあい》からできていると先生から聞いたことがあった。その頃は、妙に死ぬことが怖かった。もしも一度死んでしまって、もう一度生れ変れるんだったら、人間なんかじゃなくて、空の塵埃がいいなどとおもっていた。もちろん今だって死ぬことは怖い。

青空を見つめながら、小学生の頃を思い出した。砂の上で、身体は無重力状態のようだった。身体のなかから、何かがすうっと抜けていく。そんな気分に襲われた。

今、病床で、燃え尽きそうな命と闘っている里美の祖母のことなどをおもった。いつもなめらかな江戸弁で、昔話などを語ってくれた。時には同じ話が何度も出てきて閉口することがあったが、どこか憎めなかった。子供の頃、銀座で鰻を食べている福沢諭吉を見かけた話と、十八で水戸様のお屋敷に奉公していたという話がおはこだった。

里美は……、どうしているのだろう。帰国する彼女をケネディ空港に見送った日、あの日は朝から小雪がちらついていた。今、ぼくはリスボンの春の陽ざしのなかにいる。

青空のなかを、一本の飛行機雲が走っていった。里美と出会った大学三年の夏がうかんだ。友人の紹介で、ぼくは夏のボーナス期のサービスとして神田駅近くのM銀行で似顔絵描きのアルバイトをすることになったのだ。里美はM銀行の女子社員として、ぼくのアルバイトの窓口となってあれこれ世話をやいてくれた。上司に紹介された時の彼女は、銀行の制服である濃紺のジャケットを着ていた。スカートはグレイのプリーツ・スカートだった。細い足首に、あざやかな露草色のソックスが見えた。

七月の約一ヶ月のアルバイトが終り、ぼくは里美に似顔絵のプレゼントをした。一ヶ月のうちに、似顔絵描きの腕は上達していたけれど、彼女の大きな瞳を持つ顔は似顔絵になりやすかった。

そんなことがきっかけになり、ぼくたちの交際ははじまったといっていい。

一九六四年、ぼくは大学四年になり最大手の広告代理店、D通広告を受験し、幸運にも合格した。その年の東京の秋は、第十八回オリンピックに湧いた。

D通広告でのぼくは約三年で退社した。理由はいろいろと挙げられるが、二十代のうちにどこか外国で暮してみたかったことが一番強いかもしれない。

単身ニューヨークへと渡ったのは、一九六九年の冬だった。小さなデザイン・スタジオに職を見つけ、ウエストサイドのリバーサイド・ドライブのアパートから通いはじめた。スタジオの経営者はシシリー島からの移民の子で、とても親切にしてくれた。

里美は四月にやって来た。ぼくたちは、はじめの半年をリバーサイド・ドライブで暮し、残りの一年半をイーストサイドのヨークヴィルですごした。ニューヨークでの生活は、この年の三月、里美が帰国するまで約二年間つづいたことになる。

一九七一年の春、ぼくは今一人でリスボンから西へ三十キロほど離れた海辺の砂の上に寝そべっている。もうすぐ四月だった。

海辺に面した家並みの裏には曲りくねった石畳の細い道があった。ところどころに小さな居酒屋があって、漁師らしき男たちがワインを飲んでいた。ぼくはそんな居酒屋の一軒に入った。正后にはまだ一時間ほどあったが、朝食をとっていなかったのでお腹はほどよく空いていた。

ポルトガル語では、オーヴォ・メシードと言うスクランブル・エッグ、それにカンジャと呼ばれる日本のおかゆ風のなかにチキンを入れたスープを注文した。飲み物はと訊くので、白ワインを飲んだ。白ワインは、ヴィーニョ・ブランコと言った。

日本人がめずらしいのか、客たちにじろじろと見つめられた。遠慮のない視線はぼくを疲れさせた。

薄暗い店の奥で、一きわ大きな声が響いた。男が白い歯を見せて立ち上りぼくの方へ歩いてきた。頭にのせた毛糸の帽子で、彼が海辺でエビを焼いていた男だと気づいた。

「ボン・ディア・セニョール」

「ボン・ディア・セニョール」

男は持ってるワインのボトルとグラスをぼくのテーブルの上に置いた。酔っているのか、あれこれとまくしたてるがまったく解らない。ぼくはアメリカ人風に両手を左右に開いて解らないといった仕種をとった。ボン・ディア・セニョール。これはポルトガル語で「こんにちは」といった意味で、言葉はそれだけしか解らない。困ったぼくは苦しまぎれに英語で言葉を返した。

「ジャパニーズ?」

おそらく男は「日本人か」と訊いたのだろう。突然に英語を口にした。ぼくは「イエス」とだけ言って頷いた。彼は自分の名前をサンショーと名のり、少し前までコインブラ大学の学生だったと言った。

彼はちょっとぼくに目で合図を送ると店の厨房へと消えた。驚いたのは、再び厨房から出て来たサンショーが一人の東洋人を連れていたことだった。

「月本周一といいます。失礼ですがどちらからですか？」

東洋人は日本語で言った。彼は神戸から来たという日本人だった。

「東京からですが、ニューヨークに二年ほどいまして、今帰国の途中なんです」

ぼくは言った。

「そうですか。わたしはこれからパリに行く予定なんです」

月本周一はポケットから大きな白いハンカチを出し、それで手を拭いながら言った。かすかにオリーブ油が匂った。ぼくはてっきり彼をヨーロッパの料理を勉強に来たものとおもい込んだ。

「ポルトガルの料理を？」

ぼくは言った。

「いや、わたしはファッションの勉強に来たんです。」

彼はぼくのテーブル横の椅子に腰掛けて言った。サンショーが持ってきたグラスを月本周一の前に置きワインを注いだ。

「これからパリに行く予定なんですが、イタリアからスペインに入って遊んでたら、ここで金がなくのうてしまいまして」

彼はポルトガルからパリへの旅費を稼いでいるのだと小声で言った。

「ファッションですか」

ぼくは意味もなく言った。当時まだ日本のファッションは世界に出遅れていた。

「やりますよ、わたしは。一応シャツには自信があるんですよ」

月本周一は言った。肩口あたりまでの長髪で、顎の張った四角い顔をしていた。年齢はぼくとほぼ同じくらいだった。

「このあたりは日本人は少ないんですね」

ぼくはグラスのワインを飲み干して言った。

「ええ、めずらしいんやね。みんなにじろじろ見られたでしょう。その点で『わたしは役に立ってるんや』とおもいますよ。めずらしいもんやから客寄せになってるんですよ」

月本周一の言葉には時々関西弁が入る。妙なバイタリティーがあった。小一時間ほど話して月本周一と別れた。彼はこれからはファッションが伸びることを終始力説した。ぼくは確信のないまま彼の言葉に相槌を打った。

「縁があったら、またどこかでお会いしましょう」

月本周一は別れ際ぼくの手を強く握って言った。

月本周一と別れた後、ぼくはサンショーの運転する小型トラックでロカ岬へ向った。荷台にはカスカイスで仕入れた魚介類を積んでいる。サンショーはそれをリスボンの北約四十キロほどにあるマフラという町まで届けるのだという。彼はその町で生れ育ったらしい。

「ロカ岬はヨーロッパ大陸の西の果てだ」

サンショーはたどたどしい英語でそんなことを言った。聞き慣れてくると、要点を捉えた英語で解りやすい。ロカ岬のことは話に聞いていたが、こんなきっかけがふしぎだった。ベーリング海峡からはじまり、シベリア、アジア、ヨーロッパを含む地球上最大のユーラシア大陸の西のはずれにある。

サンショーのトラックはかなりのスピードで北上した。羊の群れと何度かすれ違った。

ぼくには、サンショーがコインブラの学生だったと言ったことが気にかかっていた。コインブラ大学は名門として知られている。どうして大学を退学したのかサンショーに訊いた。

「デモ隊を作って暴れたんで退学になった」

サンショーの言葉をぼくはそう理解した。どこまで信じていいのか、いずれにしても学生運動に関わっていたようだった。

ロカ岬は強い風が吹いていた。トラックの運転台で、サンショーが白い歯を見せて手を振った。

「アテ・ローゴ」

彼は言った。

「さようなら」

ぼくは日本語で言った。トラックは左右に揺れながら遠ざかっていった。

ロカ岬の、人影のない丘には赤い燈台が立っていた。岬は断崖になって海に落ち込んでいる。燈台のある丘へと歩いた。風が音をたてて吹きつけた。風になびく草はビロードのように光っていた。岬の一角にレストランがあり、その脇に観光案内所があった。二人の中年の夫婦が何かカードを手に笑い合っている。近づいてみると、彼らの手にしているのはロカ岬に来たという証明書のようだった。

ぼくは彼らと同じように証明書に名前を書き入れてもらった。ポルトガル語の文字は読めなかったが、そこには「ここに陸終り、海始る」と書いてあるらしかった。その言葉が十六世紀のポルトガルの詩人、カモンエスの「ウズルジアダス」の詩の一節から取っていることを、置かれている英語のパンフレットで知った。それはガリ版刷りの粗末なものだった。

ロカ岬の燈台に近い草地に立っていた。風が吹きつけた。カモメが鳴いて飛んだ。遠くにやって来たとおもった。こんな時は自己陶酔と闘わなければいけない。ぼくはニューヨーク時代の失敗を思い出したりして笑った。それはデザイン・スタジオでの仕事中、写真を文章のどっち側に置くのかと訊かれた時などのことだった。みんな仕事に熱中していた。

「どっちにレイアウトするんだ！」

ボスのラルフ・バルトーリが叫んだ。

「リョー・サイド」

ぼくは英語を言っているつもりで答えた。

「両側にレイアウトします」

そう言っているつもりだった。彼らはぼくの英語を理解しようとしなかった。

「君は何を言ってるんだ」

またボスが叫ぶ。

「リョー・サイド」

ぼくはまた答える。解るはずがない。「リョー・サイド」の「リョー」は日本語なのだ。ぼくは「両サイド」と叫んでいたことになる。困ったことに、そのことに気がついたのは、夜アパートに帰ってからだった。

ちょうど夕食の時で、里美は腹を抱えて笑った。ぼくは笑いすぎて涙が出た。

ロカ岬の草の上で、ぼくは一人そんなことを思い出して笑った。何度も笑った。そのうち海がぼんやり見えた。目に涙がたまっていた。

リスボンでの日々は五日間で終った。ぼくはスペインのマドリードに向うことにした。暦は四月に変っていた。

マドリードへ立つ朝、リスボンは雨だった。雨に濡れたポルテラ・デ・サカベン空港の滑走路は黒く光っていた。土産店などを覗きながらフライトの時間を待った。角笛を持った牧童を焼き込んだタイルを二枚買った。

ぼんやりと絵はがきをめくっていると、うしろから肩を叩かれた。振り返るとエール・フランスの制服姿のフランソワ・フォールが立っていた。パリからリスボンへの機内で言葉を交したスチュワーデスだ。一瞬何を言っていいのかわからずぽかんとなった。こんな時、日本人特有らしい意味不明な笑みが出てしまう。

「ワタシ、ライシュウ、トウキョウ、イキマス」

フランソワはゆっくりとした日本語で言った。

「ほんとに?」

ぼくは言った。彼女は微笑みながら頷いた。彼女はこれからパリ行きのエール・フランスで勤務するらしかった。まだ時間があるというので、近くのスタンドでコーヒーを飲むことにした。英語の単語が出てこなくなってしばしば会話がと切れた。それでもスチュワーデス姿のフランソワといることがうれしかった。

彼女がリスボンのことを訊いたので、ロカ岬の話などをした。カスカイスでエビを売っていたサンショーの話やファド・クラブでファドを聴いたことも言った。リスボンの中心、ロシオ広場近くにあるサンタ・ジュスタのエレベーターが、エッフェル塔の設計者のエッフェルの設計と知って驚いたことも話した。

「メイジン、デスネ」

フランソワが言った。はじめはそのことがつたわらなかったが、すぐに彼女がぼくを旅の名人だと評したことがわかった。

「名人ですか」

ぼくは笑いながら言った。

「メイジン」

彼女も笑みをうかべて言った。

窓ガラスは雨に濡れてゼラチン状にぼやけていた。フランソワといると、妙に東京が恋しくおもえた。里美のことなどがうかんだ。スペインに行かなければ……。ぼくは東京への想いを断ち切るよう自分に言い聞かせた。

時間がきて、フランソワと別れた。

「またどこかで」

別れ際、ぼくは言った。

「いい旅を」

フランソワが言った。カートを引いて去っていくフランソワの後姿をじっと見ていた。一人ぽつんと取り残された気分になった。土産店のある通路を行ったり来たりした。マドリードで香川良介に会えるだろうか。よけいなことがつぎつぎに気にかかった。マドリード到着の時間は手紙で知らせてある。なんとかなるだろう。この言葉を今までに何度呟いたことか。

「アイ　フィール　ライク　クライング」

ぼくは苦笑した。雨は降りつづいた。


マドリードのバラハス空港で、香川良介の出迎を受けた。日に焼けた顔が、いかにあちこちを歩きまわったかを証明している。

「リスボンでは悪かったな。急に闘牛の取材をすることになって」

香川良介は言った。

「いや、おかげでリスボンを見れてよかったよ」

タクシーのなかで、そんなやり取りをした。

「東京の方はどうなの？」

ぼくは訊いた。

「だいぶ政治が悪くなってるよ」

香川良介が政治という言葉を口にしたのが意外だった。

「で、彼女は？」

香川良介が里美のことを訊いた。

「うん、ニューヨークから帰ったんだ。祖母が病気とかでね」

ぼくは言った。

「会いたかったな」

「うん、東京でまた食事でもしよう」

タクシーはマドリードの中心地、ホセ・アントニオ通りで止った。香川良介の借りているアパートは、この通りから数メートル路地を入ったところにあるらしかった。

「とり合えず一ヶ月のリースで一部屋おさえてあるからな」

香川良介はぼくの手荷物を持って言った。ぼくはスーツケースを引きずりながら彼の後について歩いた。

アパートのエレベーターは古いフランス映画に出てきそうな、手動式のドアだった。管理人室から十六、七の少年がとび出してきてスーツケースをエレベーターに運び込んでくれた。

「グラシアス、ニコラス」

香川良介が少年に言った。少年は頬を赤らめてにっこりと笑った。

「ニコラスっていい奴なんだ。ボクシングをやってるらしくてね。俺に空手を教えてくれってうるさいんだよ」

香川良介が少年のことを言った。

部屋は三階にあった。エレベーターを降りて、すぐ左手がぼくの部屋で、そのずっと奥の突き当りが香川良介の部屋だった。

部屋は七平方メートルほどの広さで、ベッドとバスルーム、それに小さな電気コンロのついた流しがあった。

「ガス・コンロがないのは、それで自殺する奴がいるからなんだよ」

香川良介が電気コンロのことを言った。いずれにしても、自分が料理できることは安上りで助かるとおもった。

時刻は正午をまわっていた。ドアがノックされ、香川良介からランチにさそわれた。

ホセ・アントニオ通りに出た。よく晴れていたが風はつめたかった。近くのカフェに入り、ハモン・セラーノとパンとカフェ・オ・レを注文した。香川良介はグラスワインを頼んだ。

「ここの連中は子供でもワインを飲んでるんだ」

香川良介がワインのグラスを左右にゆすりながら言った。ぼくはハモン・セラーノをパンに挟んで食べた。あまり食欲がなく、パンをざらついた喉にカフェ・オ・レで流し込んだ。

「おい、何考えてるんだよ。プラド美術館か、彼女のことか」

香川良介が言った。ぼくは気の抜けたような顔をしていたらしい。

「いや、エール・フランスのスチュワーデスと親しくなってね」

ぼくはフランソワ・フォールのことを言った。

「えっ、すげえな、それでどうだったんだ」

香川良介が目つきを変えた。

「いや、別に親しくなったって、そんな意味じゃないんだ。ただちょっと口をきいただけなんだ」

ぼくは自分の言葉を訂正した。

「どうする？『裸のマハ』でも見に行くか？」

少しの間を置いて香川良介は気怠そうに言った。日本人にしては彫の深い顔をしている。髪はヒッピー風に肩口まであった。彼の表情に、日本では見られなかった翳りのようなものが気にかかった。

「仕事があるんだろう。今日は一人でこのあたりをぶらぶらするよ」

「裸のマハ」のあるプラド美術館には、飛んで行きたかったが、この日、美術館を歩くにはぼくは少し疲れていた。「裸のマハ」はもちろんのこと、ベラスケスの「官女たち」、ムリリョの「無原罪の御宿り」の美しい青いマントの聖母、快奇なボッシュの作品「快楽の園」などどれもプラド美術館の所蔵だった。

「じゃあ、俺、闘牛の練習風景でも撮ってくるよ。夜の七時くらいにここで待ち合わせよう」

香川良介はそう言って一〇〇ペセタ紙幣を二枚テーブルに置いてカフェを出ていった。一人になって、ぼんやりと通りを眺めた。シスター姿の先生に引率された子供たちの列が通りすぎていった。

ホセ・アントニオ通りの路地を歩いた。古本屋があったので入ってみた。スペインの雑誌は、D通広告の国際広告で働いていた時、よく目にしていたのでパナソニックやソニーの広告が懐かしかった。

数人いた客が出ていってぼく一人になった。店員がやって来て何か言った。よくわからない。店員が人さし指を×印にした時、それがシエスタの時間を意味しているのだとわかった。午後の四時まで銀行や商店は昼休みに入るのだ。

ホセ・アントニオ通りはグラン・ビーアとも呼ばれている。通りを下るようにして歩いていくと大きな噴水があった。ぼくはプエルタ・デル・ソルに向って歩いた。

風がつめたかった。メルトンの黒のオーバー・オールの襟もとまでボタンを留めて歩いた。フランソワ・トリュフォーの映画、「突然炎のごとく」のジムが着ていたのをまねて東京で買ったものだった。ニューヨークでもずっと愛用していた。雪のなかもよく歩いた。肩口に里美の匂いが残っているようにおもえた。

シエスタの時刻だったが、プエルタ・デル・ソルの土産店は開いていた。これと言って欲しいものはなかったが、そんな土産店を覗いてまわった。

プエルタ・デル・ソルは「太陽の門」という意味らしいが、城門などはどこにもない。広場の片隅で、ヒッピー風の男がギターを掻き鳴しながら歌っていた。耳を澄ますと、それはボブ・ディランの「風に吹かれて」だった。アメリカのベトナム戦争はまだ終っていない。ヒッピー風の男の前で立ち止る者はいなかった。土産店で絵葉書を五枚買い求め、来た道をアパートへと引き返した。

寝返りをうった時、ドアがノックされベッドから身体を上げた。

「俺だよ、香川だよ」

ドアの外で香川良介が言った。ドアを開けると、香川良介と知らない東洋系の女が立っていた。背中までの長い髪をしており、痩せていた。一重瞼の狐のような目をしている。

「よく部屋にいるのがわかったな」

ぼくは言った。七時頃に、ホセ・アントニオ通りのカフェで待ち合わせていたのだった。

「ニコラスから聞いてね。君がもどっているっていうからさ」

香川良介は言った。

「あ、紹介するよ。吉川精子さんていうんだ。スペインは六年目でね。いろいろ通訳なんかやってもらってるんだ」

「セイコです」

ぼくが姓名を告げると同時に吉川精子は自分の名前だけを言って頭を下げた。時計を見ると六時をまわっていた。

「あれからプエルタ・デル・ソルまで行ってすぐ引き返したら眠くなっちゃってね」

ぼくは目をしばたかせた。

「ここの連中と同じだな。シエスタを取ったんだ」

香川良介は笑いながら言った。ぼくたちは夜の街に出ることになった。

「セイコ、どうしようか?」

香川良介は吉川精子の方を見て言った。

「とりあえずマヨール広場まで出て」

吉川精子は小さな声で言った。

「そうだな。とにかく今日は久しぶりに俺たち再会したわけだから、ばあっとやろう」

香川良介が言った。三人でマヨール広場まで歩くことになった。

通りに出た。風は止んでいたが、空気は冬のように冷え込んでいた。香川良介が、スペインのタクシーの運転手は興奮するとハンドルから両手をはなすとか言ってその仕種などをして笑わせた。

「吉川さんは、こちらの学校かなんかにいたんですか?」

ぼくは歩きながら吉川精子に訊いた。

「ええ、はじめの一年くらいですけど」

吉川精子は小さな声で答える。あちこちから大声の会話の聞こえてくるマドリードでは、彼女の話し振りは不似合いだった。

「精子さんはトレドに住んでいるんだ。古い家のメイドをしていてね、一ヶ月休暇をもらって手伝ってくれてるんだよ」

香川良介が言った。トレドか、とおもった。マドリードの南方に位置する古都だった。ぼくはマンハッタンにあるメトロポリタン美術館にある、エル・グレコの描いた「トレドの風景」

を思い出していた。アパートを出て、左へと直進するとメトロポリタン美術館の正面階段へと突き当る。里美と行く度に、ぼくは「トレドの風景」の前に立った。

「確かタホ河とかいう河が流れていて、丘の上に町があるんだったよね」

ぼくはトレドについて知っているだけのことを口にした。吉川精子がちらりとぼくの方を見た。淋しげな目をしていた。

闘牛のことや、フラメンコのこと、蚤の市やアルハンブラ宮殿やガウディの建築などいろいろと尋ねてみたかったが、彼女の表情を見ているとなかなか話しかけにくい。

マヨール広場に着くと、すでに日は落ちて街路灯が石畳のあちこちに光をうかべていた。

「ほら、あの北側のバルコニーが王室専用席なんだ。あそこで奴らは宗教裁判の火刑なんかを眺めていたんだな。いい気なもんだよ」

香川良介が寒そうに肩をすくめて言った。土色の陶器を背にのせたロバが鈴の音を残して通りすぎた。

「とにかく一杯やろう」

マヨール広場の南西の隅にクチジェーロスと呼ばれるアーチがあって、ぼくたちはその石段を下った。石段下には数人の黒いケープに黒ズボンの男たちがギターを持って立っていた。

「彼らは学生の流しなんだ」

香川良介が言った。

石段を下りた通りはクチジェーロス通りとなっていて、メソンと呼ばれる居酒屋やフラメンコを見せるタブラオと呼ばれるショー・レストランなどが並んでいる。通りは薄暗かった。香川良介と吉川精子の後について歩いた。

まずは腹ごしらえということで、「トルティーリヤ」という店でオムレツとパエリヤを注文しビーノを飲んだ。それはスペインの夜のはじまりだった。

香川良介が写真の話をした。彼は戦争写真家として散ったロバート・キャパの熱愛者だった。

「ベトナムへ行かなくちゃ」

香川良介は言った。アメリカの介入したベトナム戦争はまさに泥沼のなかにあった。

ぼくはニューヨーク近代美術館のフォトグラフ・ルームで見たエドワード・スタイケンや、ウォーカー・エヴァンスの写真について話した。スタイケンの西洋梨の写真やエヴァンスの静けさに満ちた風景写真を見た時の気持はそれまでと違っていた。ぼくは写真のなかに含まれている空気感をその時はじめて感じたのだ。

エドワード・スタイケンはあまりにも平凡で、ウォーカー・エヴァンスは文学青年臭い。香川良介は二人にそう判断を下した。

「エヴァンスの写真の空気の気配が好きなんだよ。音もなく乾いた風が吹いていて、あの人の写真を見ているとよく晴れた日の廃墟に立っているみたいな気分になるんだよ」
ぼくは言った。吉川精子はビーノのためか、瞼をほんのりと桃色に染めていた。黙ってぼくたちの話を聞いている。

「ボリビアでゲリラ活動してたゲバラなんか撮ってみたかったな」
香川良介は喫っていた煙草をタラベラ焼きの灰皿に揉み消して言った。

「ゲバラか、ポール・デイヴィスの描いたいいポスターを持ってたな」
ぼくはニューヨークで活躍しているイラストレーター、ポール・デイヴィスの描いたチェ・ゲバラのポスターのことを言った。ポスターは他の荷物といっしょに東京に送ってあった。しばらくチェ・ゲバラについて話した。

アルゼンチン生れでキューバ革命の指導者、チェ・ゲバラは、カストロ等とキューバ革命を勝利に導き、その後キューバを去り、ボリビアでゲリラ活動中に政府軍に射殺された。

「とても静かな顔をしていた」
黙ってビーノ・グラスを傾けていた吉川精子がぽつりと言った。射殺されて横たわっているゲバラの顔が静かな表情だったというのだ。

「彼は医学博士だったんだよね」
ぼくは言った。

「医学博士で革命家ってわけだ」

香川良介が言った。

「あんな人がいたら、なんでもしてあげるのに」

吉川精子が言った。こんなことを言う人なのかとおもった。

「セイコ、俺とベトナムへ行かないか？」

香川良介がにやりとした表情で言った。

「ホーチミンさんなら逢ってみたいわ」

吉川精子はそう言ってグラスのビーノを飲み干した。

ベトナム戦争の悲惨な状況はニューヨークにいた時にライフ誌の写真で嫌というほど目にしていた。親しくしていたベトナム戦地帰りのバラキのことなどがうかんだ。彼は一九七〇年がはじまったばかりの冬に癌に倒れたのだ。

いつの間にか、店内は人でいっぱいになっていた。

「よし、場所を変えよう」

香川良介が言い、ぼくたちは椅子から立ち上った。

通りの反対側のメソンに入った。奥行きのある古めかしい店内には人があふれていた。ところどころにある鉄格子は、ここがかつての牢獄だったからだと香川良介が説明した。ぼくたちはなんとか三つの空席を見つけた。大きなテーブルで見ず知らずの客たちと同席することになった。奥のテーブルで誰かがギターを奏でた。それに合わせて誰かが歌い出した。歌声と手拍子があちこちから湧き出した。手拍子は日本人のとは違い硬い乾いた音だった。

ギターを抱えた男がぼくたちのところへやって来た。そばに帽子を持った男がいて客たちの前につき出した。客たちは帽子のなかへとお金を落した。ぼくはポケットから四十ペセタを出して帽子に落した。ギターを抱えた男が指を弦にふれた。日本の「桜」を奏で出した。

「まいったな」

香川良介が照れ笑いをうかべた。周囲が少し静かになり、みんながぼくたちの方を見た。

「ムイ・ビエン」

曲が終った時、吉川精子が言った。賛美の言葉らしかった。

香川良介が七十ペセタを帽子に入れ、何かギターを持つ男に言った。男がギターを香川良介に手わたした。あちこちから拍手が起った。彼のギターを聴くのは久しぶりだった。

香川良介の指が「アランフェス協奏曲」の第二楽章を奏でた。ホアキーン・ロドリーゴの作品で、特にもの憂げな第二楽章は知られていた。ぼくはこの曲を知ったマイルス・デイビスの「スケッチ・オブ・スペイン」や、ＭＪＱの「ロンリー・ウーマン」などを思い出した。どれも学生時代に入りびたっていたジャズ喫茶でよく聴いていた曲だった。

ぼくたち三人、日本人への一幕が終って、店内は再び喧騒の渦につつまれた。フラメンコの曲に合わせ、立ち上って踊り出す女もいる。ぼくはスカートを左右に振って踊る女を見つめた。時刻は深夜の十二時をまわろうとしていたが、賑いは止みそうもなかった。この夜の乱痴気騒ぎのために、スペインの人たちはシエスタを取ってエネルギーを貯えているのかもしれない。

だいぶ酔っていた。香川良介は大学時代の夏の水泳合宿の話や、生れ故郷の木曽谷の話などをした。彼の先祖は信州の木曽谷にいて打倒平家を旗印に立ち上った木曽義仲の血縁だったらしい。

「香川の行動力は木曽義仲の血かな」

ぼくは酔っぱらってそんなことを言った。

「倶利伽羅峠の火牛の計だな」

香川良介が、木曽義仲が平維盛の率る十万の軍を破った火牛攻めの奇策を口にした。

「火牛と言えば、闘牛も見なくちゃ」

ぼくはつぎつぎとビーノのグラスを空にしていた。十分に膨んだゴム風船に息を吹き込んでいるといった気分で、それはいつ破裂するかわからなかった。

「わたし、ピクルスを漬けるのが好き」

吉川精子が唐突にそんなことを言った。

「ああ、彼女のピクルスは酸っぱくて旨いぜ」

香川良介が相槌をうった。

「ピクルスってどうやって作るのかな?」

ぼくは言った。

「あれはな、結局野菜の酢漬けなんだよ。な、セイコ」

香川良介が言った。

「お野菜をね、皮とか種とか、筋をきれいに取って、まず一口大にするの。茹でるのは堅めに茹でて、よく水きりして、あとはベイリーフとかディールなどの好みのスパイスをお酢で煮立ててからよくさますの。それが漬け汁で、あとは瓶にお野菜を入れ、その漬け汁をたっぷり入れて瓶の蓋を密封してでき上り。食べ頃は一ヶ月くらいたってからかしら」

ぼくたちはしばらくピクルスについてあれこれ話し合った。おかしな夜になったとおもった。

「よし、これからアパートに帰ってセイコのピクルスで飲み直そう」

香川良介が言ってぼくたちはクチジェーロス通りのメソンを後にした。マヨール通りに出るとタクシーの空車がきてぼくたちはそれに乗った。

アパートにもどった時刻はわからなかった。目覚めると、窓から朝日がさし込んでいて、ぼくは香川良介の部屋のソファでまるくなっていた。ベッドには香川良介と吉川精子が背中を向け合うようにして眠っていた。二人共下着姿だった。窓の外で雀が鳴いている。ぼくはそっと起き上り、部屋を出た。

翌日、アトーチャ駅からセビリア行きの急行に乗ったのは朝の七時すぎだった。マドリードは雨だった。ぼくはセビリアで数時間すごし、その日のうちにカディスまで行く予定にしていた。カディス行きを勧めたのは香川良介だった。スペイン最古の都市の一つでもあり、コロンブスが二回目の航海に旅立った港があるという。

七時三十分、列車は雨に煙るアトーチャ駅を滑り出した。

水滴が車窓を流れ、街はピントのずれた写真のようだった。ぼくは前日に見たプラド美術館のゴヤやベラスケス、エル・グレコなどの絵をぼんやりとおもいうかべた。

エル・グレコの持つスペインの天上的狂気の世界に比べ、ベラスケスには澄んだ光を漂わせるスペインの空の匂いがあった。ゴヤはその二人の世界を一人で内包している。フランシスコ・ホセ・ゴヤ・イ・ルシエンテスと、ゴヤの名前は驚くほど長い。スペインのサラゴサ近くのめっき師の子供と生れたゴヤは、もっともスペインらしい画家におもえた。「裸体のマハ」や「着衣のマハ」はよく知られているが、印象に残ったのは「一八〇八年五月二日」と「一八〇八年五月三日」という作品だった。ナポレオン軍に銃殺されていくマドリードの市民の表情が悲しかった。それは一人の英雄もいない戦争画だった。香川良介は本気でベトナム行きを考えている。ふとそんなおもいが頭のなかをかすめていった。

列車がトレドをすぎた頃から雨が上り、遠くの雲間から光の筋が見えた。マンサナレスあたりで、空はすっかり晴れわたった。朝から何も食べていなかったので、後部の車輛までパンを買いに行った。日本人がめずらしいのか、通路を行くぼくをみんなが振り返って見つめた。

コーラとサンドイッチを食べた。プラド美術館のレストランで同席した老夫婦のことなどを思い出した。夫はプエルトリコの退役軍人らしかった。先祖の地であるスペインに来れたことが何よりも嬉しいと話していた。ぼくは三十分ほど彼らの話を聞いた。

「日本にも行ってみたいけど、あとどれだけ生きていられるか」

退役軍人は目を細めて言っていた。

セビリアに着いたのは三時すぎだった。青空が広り光があふれていた。歩いていると汗がにじみ、まばゆい光は頭のなかを空っぽにした。

六時すぎにカディス行きの急行があるのを確め、セビリアの街を歩くことにした。グアダルキビール河に沿ってセビリア大学方面へと歩いた。セビリア大学はずっと以前、オペラ「カルメン」で、カルメンの働く煙草工場だったという。

闘牛場をすぎるとてっぺんが黄金色に光る塔が見えた。小説で読んだドン・ファンのことがうかんだ。色事師の彼はこの塔の下で女を獲得するための思索をした。

——夢中にさせるのに一日、征服するのにもう一日、見捨てるのが一日、替りをさがすのに二日、そしてさらに忘れるための一時間——

暗記していたセリフを思い出し苦笑した。ニューヨークのセントラルパークの野外音楽場で、里美とモーツァルトの「ドン・ファン」を聴いた。帰りのバスのなかでもぼくはそのセリフのことを言った。

「偉い人ね」

里美は笑いながら言った。その時セビリアという街の話も出た。今、ぼくは一人でセビリアの通りを歩いている。

黄金の塔近くのカフェで、オレンジ・ジュースを飲んだ。オレンジは、ニューヨークでよく里美がレモン搾りで作ったフロリダ産のものより酸っぱく感じた。酸っぱさはセビリアの乾いた空気に似合っていた。

マドリードに比べ日暮れが早かった。カディス行きの急行に乗ると、遠くに夕焼けの空が見えた。列車は夕焼けの空に向って走り出した。隣りの座席には黒いハンチングをかぶった老人がじっと目を閉じて腰かけている。深い皺が迷路を作っていた。

列車は太平洋に突き出た半島の街カディスに向ってひた走った。目的は何もない。流れていく夕焼けの空を見ていた。

第二章

日が暮れて、空はインディアンブルーにそまった。

強い風が吹いているが、夜空の雲はじっと動かない。街路灯は弱々しく光の束を舗道に落している。街からは風の音だけが聞こえてきた。

部屋のなかはぼんやりと明るい。窓からはこれといったものは見えない。ただ暗幕を張ったような丘が見えるだけで、丘の稜線の草が風にそよいでいた。

窓辺のテーブルの上にレモンが一つと、ブリキで作られたふしぎな飾り物がある。ブリキは手や魚の形をしている。何を目的に作られたものかわからないまま、プラカ街への薄暗い路地で老人から買い求めた。老人は数種類の凸凹のある型の上にブリキ板をのせ、黙々と小さな槌で叩いていた。

老人の言葉はほとんどわからなかった。十ドラクマのコインを出すと、手の形をしたものを三枚、魚の形を二枚汚れた紙に包んでくれた。手は右手ばかりで、二枚の魚も右を向いていた。ぼくにはそれが日本の絵馬やお札のようにおもえた。もしもそうだとしたらいいことがあるかもしれない。

レモンはここ数日の強風で枝から落ちたものだろう。歩き疲れて腰かけた考古学博物館の庭のベンチの足もとに落ちていた。拾ってポケットに入れた。石畳の小道に沿ってレモンの木があり、黄色く実った果実は風に揺れていた。枝で見るレモンの果実ははじめてだった。すぐにドイツ表現派の画家、エミール・ノルデの描いた「レモン畑の恋人たち」がうかんだ。レモン畑は濃い緑のマチエールで、レモンの黄色があざやかだった。

窓ガラスを風が叩く。インディアンブルーの夜空を見た。スペインからギリシャのアテネへと飛んで三日目の夜だった。

ずっと気にかかっていることがある。マドリードの香川良介のことだ。

カディスから帰った日、マドリードはひどく寒かった。アパートに着き、すぐに香川のドアをノックしたが返事はなかった。

夜になって、街はいっそう冷え込んだ。マヨール広場からクチジェーロス通りの方へと出てみることにした。もしかしたら、香川たちとひょっこり会えるかもしれないとおもったのだ。

冷たい舗道を歩く。四月に入っても、時おり寒い日があると聞いていたが、想像を越えていた。ニューヨークから持ってきたデニムのオーバオールを着込み、身体を抱きしめて歩く。

クチジェーロス通りの小さなメソンに入り、パエリヤとムール貝を食べながら赤ワインを飲んだ。ここではカウンターに立ったままで食べる。足もとはムール貝の殻でいっぱいだった。

いくつかのメソンを覗いたが、香川たちの姿は見当たらない。ソニアに出会ったのは、諦めてもどりかけたマヨール広場への石段近くのバルだった。

バルでは一番入口近くのカウンターに立った。奥行きのある怪しげな雰囲気のバーだったが、そういった場所にはニューヨーク暮しで馴れきっていた。ベトナム戦争帰りの友人バラキとは、いつも怪しげなバーで飲んでいた。

悪い癖を身につけてしまった。悪い人気《じんけ》は人一倍感じる方なのだが、その時の気分でついふらふらと入ってしまう。もともとの甘え心に、異国での何か諦めに似た気分が交り合った結果だろう。

肩を叩かれて振り向くとソニアが立っていた。

「いつマドリードに？」

ソニアはヒッピー風の大きな金属の輪でできたイヤリングに手をやった。

「今日の朝」

ぼくはグラナダから夜行列車でマドリードに帰って来た。

ソニア・バックリーと言葉を交したのは、グラナダにあるアルハンブラ宮殿内のパルタルの庭だった。彼女がマッチを借してくれと言ってきたのがきっかけだった。彼女の英語はすぐにアメリカ人だとわかった。

宮殿をいっしょにまわった。ぼくたちはたどたどしく自分たちのことを話し合った。ぼくはニューヨークのデザイン・スタジオで働いていたことを話し、今は日本への帰国途中だと言った。ソニアはフィラデルフィアから来たらしかった。

「スペインは、はじめて?」

ソニアに訊かれた。二人ともスペインははじめてだった。

彼女はブロンドの髪を背中までのばしている。瞳は淡いブラウンで、少し上向きの鼻がいかにもアメリカ女といった風だった。

リンダラハの望楼に立ってグラナダの市街を眺めた。大きな青空が広っていた。

ソニアはパッチワークで仕上げた布製のバッグを大切そうに袈裟掛けしている。

「弟も美術学校だったわ」

ソニアはぼくをじっと見つめた。

「弟は絵を描いていたの?」

「そう、子供の頃から絵が好きで、ずっと画家になるんだって」

「今は?」

この時ソニアはちょっと笑みを見せた。

「死んだの」

ソニアの微笑みはそんな言葉への勇気づけだった。ぼくは一瞬はじかれた気持になった。

「死んだって?」

「死んだの。ベトナムで」

「ベトナムって、じゃあ戦死?」

「そういうことね。わたし、今は弟との約束で旅してるの」

ソニアの話はわからなくなってきていた。そんなぼくを察してか、彼女は言葉をつづけた。

「弟からの最後の手紙に書いてあったの。もしも自分がベトナムで死んだら、骨の半分は生れ故郷のフィラデルフィアへ、もう半分はギリシャの海に流して欲しいって」

ソニアが話した弟のギリシャの旅の話は興味深かった。彼は学生の頃、一度だけギリシャを旅してまわったという。

「ギリシャの旅から帰った弟は、それまでの絵を全部捨てちゃったの」

「どうしてだろう?」

「わからないわ。それから真っ白い作品ばかり作るようになって、キャンバスに向って白い絵の具を何度も何度も塗り込んでいくのね。でも、それももう終りね」

ソニアは黙ったまま遠くを見つめた。

「ギリシャと白か。何か気持に触れるものがあったんだろうな」

ぼく自身白に脅えることがあった。それはただ絵を描くのが楽しかった子供の頃ではなく、デッサンを習いはじめた高校生になってからだった。白い石膏像に向ってイーゼルを立て、白い木炭紙を置く。両方の白は無言の圧力で迫った。ぼくは何か対決を迫られる気分で木炭を白い画面に走らせた。

白色はいつもぼくを不安にする。

学生だった頃、スキー場の林間コースで帽子を飛ばされたことがあった。スキーをはずし帽子を追った。強い風が吹いていて、もう少しで手が届きそうなところで、帽子はまた遠くへと飛んでいく。帽子を追うごとにぼくの脚は深く雪に沈んでいった。風に吹かれた雪で目の前は真っ白になった。ふと、人はこういった形で死に向っていくのではないかとおもった。雪のなかに立ち止った時、すでに帽子はどこにも見えなかった。ぼくは十七歳のデッサン教室で、大きな真っ白い木炭紙の前に立った時のことを思い出していた。

ソニアの弟は、ギリシャの旅で何を見たのだろうか。帰国した彼は、それまでの作品をすべて捨て、白い作品に没頭したという。若者はベトナムに散った。

ソニアはぼくをアテネへと誘った。ぼくはマドリードにいる日本の友人のことを言った。彼女は二日後にマドリードを立つと言い、アテネでのホテルの名前を紙切れに書いた。

スコッチのソーダ割りを二杯飲み、ソニアといっしょにバルを出る。眠っているクチジェーロス通りからマヨール広場へ出ると、人影もまばらでひっそりしていた。風が通りすぎると二人の靴音が石畳に響く。

プエルタ・デル・ソルまで歩くと、ぼくたちの行き先は方向違いになることがわかった。

「今日はここで別れるけれど、あなたとはまたどこかで会うような気がするわ」

「アテネに行くことがあったら、連絡します」

「きっと今度はパルテノンよ」

「最高だね」

ぼくたちは握手して別れた。振り返ると、アルカラ通りを小さくなっていくソニアのうしろ姿が見えた。左肩にパッチワークで仕上げた布製のバッグがある。なかには弟の骨が入っている。彼女はそれをいつも持ち歩いていた。

翌日、近くの市場で朝食のためのムール貝とパンを買った。ムール貝はメヒリョネスと言う。ようやく店頭でそれを言えるようになった。

アパートにもどるとエレベーターの前にニコラス少年が洗濯物らしい袋を持って立っていた。

「ブエノス・ディアス」

こんな時の彼はいつも人懐っこい笑顔を見せる。

ぼくは香川良介のことを訊きたかったが、ニコラスには英語がわからない。仕方なく、彼の名前を言い、階上の部屋を指してみた。ニコラスは首を振った。

「セニョール・カガワ・アビタシオン」

ぼくはまた階上を指した。

「ノ」

ニコラスは首を振った。香川は部屋にいないらしい。

ニコラスの仕種から察するには、香川はここ数日留守をしているようだった。渋るニコラスに、なんとか彼の部屋を開けてくれるように頼んだ。考え込んだ末、ニコラスはようやく香川の部屋を開けてくれた。

部屋のなかには特別変った様子はない。食事に使った皿がキッチンの洗い場に重っていて、テーブルの灰皿には口紅のついた煙草の吸い殻がねじ曲っていた。それが吉川精子のものだとすぐにわかった。

人間には無くしたものを探す習性があるらしい。ぼくは毎日香川を探してあちこちと歩いた。

闘牛の稽古に使われている公園、動物の肉の解体工場、蚤の市、夜のフラメンコクラブ、闘牛場などだ。一人ぼっちの街は心細かったが、これからは一人で何もかもやらなければいけないと、里美をケネディ空港に見送った時から自分に言い聞かせていた。

闘牛は、一番入場料の安い西陽の当る席で見た。陽ざしは強く、影は闘牛場の赤土に真っ黒く染み込んでいた。リスボンの陽ざしもあふれるほどだったが、スペインの光にはどこかもの哀しさが感じられた。死に向って突進する黒い牛、「オレ!」と連呼する観衆、そこには甘美な気怠さと狂気がある。それはこの国に備った芸術を生み育てる要素でもあった。闘牛場の西陽を浴びながら、ゴヤやピカソ、ガウディ、ダリといったこの国の生んだ強い個性をおもった。

五日間がすぎたが香川はアパートにもどらなかった。写真家には風来坊が多い。彼も例外ではなかったが、時折り吉川精子の暗い眼差しが気にかかった。何か複雑な過去が見え隠れしている。香川の口から政治やベトナムといった言葉が頻繁に出るようになったのも、以前の彼からは考えがたかった。東京での彼は、正義感だけで突っ走る男だった。吉川精子はゲバラやホーチミンに傾倒している。

「セイコ、俺とベトナムに行かないか」

そんな彼の言葉が重くのしかかった。

ぼくは東京へ帰らなければならない。そんな想いのなかに、ソニアの言っていたギリシャのことが交差した。

アパートを出る朝、空はよく晴れていた。ニコラス少年がホセ・アントニオ通りまでトランクを運んでくれた。ぼくは香川への手紙を彼に託した。タクシーが来てチップを手わたそうとしたが、彼はかたくなに受け取ろうとしなかった。ぼくはバッグからカメラを出した。彼を写し、それを送ることでお礼にしようと考えたのだ。

「ニコラス」

カメラを構えると、彼はにっこりと笑いボクシングのファイティング・ポーズを取った。サウスポーだった。

「アディオス・セニョール」

ニコラスはさし出したぼくの右手をしっかりと握って言った。

「アディオス」

ぼくはタクシーのなかで手を振った。ニコラスは朝日のなかで左手を突き上げて立っていた。

プラカ。

ぼくはソニアの言っていたホテルの名前を頭のなかでくり返した。

「ホテルを探しています」

「どのあたりに?」

「プラカ」

アテネのエリニコン国際空港の案内所で、そんなやりとりをした。紹介してくれたのは、アクロポリスの北東の谷間にある繁華街プラカにある安ホテルだった。

部屋に案内してくれたボーイは、ベッドサイドに組み込まれたラジオを、自慢気に説明して出ていった。スイッチをひねるとギリシャの民族楽器ブズーキが流れた。クレタ島を舞台に展開する映画、マイケル・カコヤニス監督の「その男ゾルバ」にもブズーキが流れていた。もの哀しい音色の楽器だ。

映画のなかで、アンソニー・クインの扮したゾルバはチターに似た楽器、サンドウリの名手だった。ゾルバのボスになるイギリス人の若者にはアラン・ベイツが扮して好演していた。二人は山から木を切り出す事業に手を出すが、木を運びだすケーブルの柱が倒れ事業は大失敗に終る。一瞬唖然となる二人だが、すぐに顔を見合わせて笑う。海を背景に二人が肩を組んで踊るラストシーンは感動的だった。

ベッドに腹這いになり、学生の頃よく出入りした池袋の名画座などを思い出していた。ギリシャ映画やギリシャを舞台にした作品がうかぶ。ゾルバのクレタ島や、メリナ・メルクーリの出た「夏の夜の十時三十分」のどしゃ降りの雨などだった。

今、そんなギリシャにいるのだが、気持はなぜか沈んでいた。ニューヨークを立つ時とは違っている。迷路に踏み込んだのか、ささいなことが意味のない不安を呼んだ。日に日に減っていく旅行費のことでも落ち込んだ。

朝から強い風が吹いた。ホテルから細い路地を抜けるとヴリス通りへと出る。足はホテル・プラカに向っていた。ポケットにはソニアがホテル名を書いてくれた紙切れが入っている。風は冷たかった。

迷いながらも、なんとかホテル・プラカにたどり着いた。距離としては自分の泊っているホテルとさほど離れていない。

フロントでソニア・バックリーを訪ねた。

「ミス・バックリーはクレタ島へ出かけています。三日ほどで戻る予定になっているんですが、何しろこの風ですから。連絡されるんでしたらクレタでのホテル名は伺っていますので」

フロントの男は親切だった。ソニアのクレタ島での滞在期間はすぎている。ぼくはクレタ島での彼女のホテル名や電話番号をメモ用紙に書き写した。

クレタ島は「その男ゾルバ」の舞台になった島だ。行ってみたい気持は山々だったが今の手持ちの旅行費ではどうにもならなかった。

クレタ島へはピレウス港から船に乗る。ぼくはピレウス港まで行ってみることにした。フロントの男はアテネ市街の地図を取り出しピレウス行きのバスの発着所を教えてくれた。

「この風ですから、船は出ていませんよ。地図は持ってて結構です」

彼が引き出しから出した地図は観光客用のものだった。

シンタグマ広場まで歩きピレウス港行きのバスに乗った。風で船が出ないことを知っているためか、バスのなかはがらんとしていた。どこからやって来たのか、顔に深い皺を刻んだ老人が三人、じっとぼくを見つめている。バスは市内を抜けてのんびりと走った。ピレウス港へは一時間ほどで着いた。

風が潮の匂いを運んでくる。匂いに誘われるように歩く。

港のどの桟橋にも「欠航」と書かれた札が風に吹かれちぎれそうに揺れていた。停泊中の船も波まかせに揺れている。

ぼんやりと荒れた海を眺めた。波はそよぐ草のようにうねっている。港の外はさらに荒れているのだろう。

また「その男ゾルバ」のことを思い出した。映画でのピレウス港はどしゃ降りの雨だった。やがて雨は小降りに変り船は出航する。海は荒れていて、ゾルバさえも船酔いしていた。

映画を見た数日後、ぼくは里美と会って一しきりゾルバの話ばかりしたものだ。もしも彼女がいっしょだったら、ぼくは何日でも待ってクレタ島へ渡っただろう。

鈴の音がして、振り返ると花を積んだ荷車を引いてロバが通りすぎていった。ロバも手綱を引く老人も疲れた顔をしている。花の色だけが残った。胸のなかを寂寞とした風が吹き抜けた。ニューヨークを立ってからこんなことは一度もない。もうピレウスにいても、アテネにもどっても仕方のない気分だった。宛もなく土産店や観光案内所を覗いて歩く。

海岸の裏通りに入ると魚の市場があった。あちこちで鯖が光っている。濁った魚の目はどこか夢見ているようにもおもえた。無精髭を伸ばした大男が飛び魚を指さして声を掛けた。ぼくは笑って男の前を通りすぎた。たったそれだけのことで少し気分が楽になった。アテネにもどることにした。

バス停近くのタベルナで、豆とスープとムール貝のトマト煮とパンのランチを取った。シンタグマ広場行きのバスに乗ったのが一時すぎで、ホテルには三時近くにもどった。部屋は影になっていたが、西陽がアクロポリスの丘を照らしている。風はいくぶん弱まっていたが、丘の草は風にうねる度銀色に光った。ベッドに寝そべってこれからのことを考えていると海峡を隔てた国がうかんだ。

イタリアだ。ニューヨークを出る少し前、日本レストランで会った日本人宝石商の中村が言ったことを思い出したのだ。

中村はふしぎな男だった。歳はまだ二十六という若さで、一番街にある宝石店の責任者だった。大阪の中学を出てからずっとこの道で働いているという。

「ヨーロッパを廻って帰るんですか。もしもローマに寄られるんでしたら、わたしの親しい友だちがいますから紹介しますよ。広告関係ではかなりいい商売しているらしいですよ」

中村のアクセントには強い大阪言葉がある。彼は手帳を出して住所と電話番号を教えてくれた。男の名前は膳所成一という変わった姓だった。

ぼくは手帳を出し、膳所の名前を探した。すぐに見つかった。住所はローマ市の中心に近いヴェネスト通となっている。

ローマで仕事ができるだろうか。ぼくは中村の言っていた、膳所成一という男の職業のことをおもいうかべた。広告関係なら、何か仕事があるかもしれない。とにかく当ってみるしかない。とりあえず手紙を書いてみることにした。

膳所成一にエクスプレスの手紙を書き、その後で里美に書いた。

里美へは、祖母の容態を尋ね、香川良介とマドリードで別れたこと、クレタ島への港、ピレウスのことなどを書いた。ソニアのことにはふれなかったが、これからローマへ移るかもしれないことを書き加えた。膳所成一については里美もぼくもいっしょに中村から聞いて知っている。

手紙を書き終えてからベッドにもぐり込むとすぐに眠くなった。

どのくらい眠ったのか、目覚めるとあたりは暗くなっていた。ぼんやりとした耳のなかに、ざくざくと地面を踏みつける靴の音が聞えた。夢のなかにいるように、ぼくはベッドから立ち上った。靴の音は近づいてくる。

窓辺に寄って音の方を見た。行進してくる兵隊の長い列が見えた。軍靴の音が耳にあふれた。兵隊の列の中央にはきらびやかなギリシャ正教の僧たちがいる。荘厳な光景に見入った。

兵士たちのヘルメットが外路灯にちかちかと光る。海草色をした汚れた光、そこには地球上のどこかで絶えずくり返されている戦争の匂いがあった。アーチストを志しながら、ベトナムに散ったソニアの弟のことをおもった。人は平和を口に、常に殺し合いの歴史をつづけている。クレタ島へ渡ったソニアはどうしているのだろうか。旅での別れ、それは死なのかもしれない。これからもそんな別れをくり返すにちがいない。

軍靴の響きが遠ざかり、ぼくは旅行鞄を開き旅の支度にかかった。

翌早朝、ホテルをチェック・アウトした。荷物をホテルに預け、アクロポリスの丘へと向った。よく晴れていて、空気はひんやりと心地よかった。ぼくは夕方の飛行機で、ローマに飛ぶつもりでいた。アクロポリスへ向ったのは、ここをギリシャとの別れの場所にしたかったからだ。

いくつか通りの角を曲りディオニソス野外劇場の前からディオニソス・アレオパギト通りに

出た。右手に朝日に輝くアクロポリスの丘が見える。ヘロデス・アティコス音楽堂横からブーレの門に向う。

入場時間にまだ早かったので、ブーレの門の石段で待った。光が白い石壁に反射して眩しかった。五人連れのヒッピー風の男たちが石段を上ってきて近くに腰を下した。彼らの英語ですぐにアメリカ人だとわかる。唐草模様のバンダナを巻いた男が手にしているギターを弾きはじめた。知らない曲だった。

「ナイキはこの神殿から取ったんだ」

地図を開いている男の声が聞えた。それはブーレの門の石段を上って右手にあるアテナ・ニケ神殿のことらしい。アメリカのスポーツ用品メーカー、「ナイキ」はこのアテナ・ニケ神殿のニケからきているといると以前何かの本で読んだことがあった。

時間がきてヒッピー男たちといっしょにブーレの門を入った。陽は前の方からさしていて、神殿の影は黒い。パルテノン神殿の後方には朝日を浴びているリカベトスの丘が見渡せた。

足もとの草のなかにタンポポが咲いていた。陽のあたっている石の上に腰を下した。写真では何度も目にしたことのあるパルテノン神殿は、今背中にかぶさるようにして建っていて、ぼくはなんだかこのまま石になってしまう気分だった。

一時間ほど丘のあちこちを歩いた。アテネの街が粉をまぶしたように見える。よく晴れていたけれど、遠くは霞んでいた。ぼくは空を見上げ、小さく「さようなら」と言った。ソニアには会えなかったが、こんなことが旅だとおもった。流れるままでいい。口笛で「スカボロー・フェア」を吹いたが音はかすれてしまった。

ローマのテルミニ駅近くのペンションの一室で、里美に長い手紙を書いた。

――元気ですか。ぼくはローマにいます。ギリシャでは、クレタ島へ渡りたかったけれど、風で船が出なかった。「その男ゾルバ」のクレタ島にはすごく行ってみたかったので少し残念です。でも渡行費も大へんだし、今は、行けなくてよかったのかもしれないとおもっている。今度はいっしょにね。

ローマに来たのは、仕事をしてみたくなったんでね。あの、ニューヨークの中村の言っていた膳所という人に会ってみようとおもっています。なんとかお金を増やして、もう少しいろんな国をまわってみたい。膳所という人には手紙を書いたけれど、多分まだ着いていないとおもうので、明日にでも電話してみるつもりです。

ローマはやはり凄い。空港の名前はレオナルド・ダ・ヴィンチ空港っていうから凄いね。バスで街に入って来たんだけど、凱旋門があって、有名なコロッセオがあって、ここをローマ・オリンピックの時、アベベが裸足でトップで走り抜けたんだ。恰好よかったとおもうね。

今日は四月の二十一日で、ローマはミモザがきれいに咲いている。香川良介とはマドリードではぐれてしまいその後は会っていません。もしも東京に帰っているようだったらよろしくね。このペンションはテルミニ駅の横丁といったところにある古い家でね。でも一人だし、部屋はきれいだからしばらくはここにいるよ。テルミニ駅は、ほら、映画、「終着駅」の舞台になったところだよ。モンゴメリー・クリフトと、ジェニファー・ジョーンズだったっけ。

そう言えば、ローマに着いたのは夕方でね。宿に入ってすぐに行ったところはトレビの泉だった。道に迷ったりしたけど、途中おまわりさんに訊いたりして、なんとかたどり着いたんだけど、汚れた建物の裏手に突然あってね。泉の見えるレストランで、スパゲッティを食べたよ。やっぱりローマに来たら、トレビの泉とスパゲッティだよ。

おばあちゃん、どうですか。元気になってくれるといいね。母上にもよろしく。手紙待っています。どうなるかわからないけれど、とにかくここで少し働いて、来月に入ったらもうちょっと東京に近づきたいとおもっています。また書きます。お元気で。——

手紙を投函したのはローマで三日目の朝だった。そして昼近く、ぼくは勇気を出して膳所成一に電話を入れた。ギリシャから出した手紙はまだ着いていなかったが、膳所という男の電話の応対は親切だった。

「そうですか。ニューヨークの中村とお知り合いですか。一度お会いしましょう。今晩はちょっと野暮用がありますが、明日の夜にでもお会いしませんか。わたしのところ、テルミニ駅から歩いて来れますよ。バルベリーニ通りっていうところですから」

ぼくは電話を切ると、ニューヨークでの仕事をファイルしたポート・フォリオを確めた。

日が落ちた頃、あちこちで鐘が鳴った。窓から肌寒い風が入ってくる。車の行き交う音や人のざわめきが高くなった。ぼくは空腹を感じていた。お腹がすくなんてめずらしいことだった。

ペンションのぼくの部屋は二階にある。散歩でもしようと一階に降りると主人と顔が合った。

たぶん五十前後だろうとおもえる主人は無愛想な表情で声を掛けた。

「ブオナ・セーラ」

「ハーイ」

こんな時、咄嗟にイタリア語が返せない。ぼくは英語で返した。

通りに出てもこれといった目的があるわけではない。細い路地を、夏虫のように光の強さを求めて歩いていく。建物の窓からこぼれる光が、サンタ・マリア・デッラ・ヴィットリア教会で見た「恍惚の聖テレサ像」の衣服の襞のように柔い。ぼくの好きな、この彫刻の作者、ジャン・ロレンツオ・ベルニーニはバロック期を代表する彫刻家で、また建築家としても名高く、ローマの都市計画にも多く携っている。ローマがバロックの町などと呼ばれるのも、彼の作品が町のあちこちにあるからだろう。

ナディーアの噴水の音を背に歩くと広い通りに出た。通りの表示板はうまく読めないが、クアットロ・フォンターネ通りとなっている。左手には真っ黒い丘が見える。巨大なブロッコリーのような丘の繁みから剣《つるぎ》のような光が天を突き刺している。

また水の音が聞えてきて、それはトリトーネの噴水の音だった。ローマに着いた夜、トレビの泉を探して歩いた時もこの噴水の前に出たことがある。そこはバルベリーニ広場と呼ばれている。

ピッツェリアでピッツァとコークを買い、噴水の柵に腰掛けて食べた。風が吹くと噴水のしぶきが顔にかかる。ニューヨークでもピッツァをよく食べたが、ローマのものは一段と旨い。すぐ近くで、肩を抱き合って囁き合う若い男女のことが気にかかる。羨しいというのではなく、彼等が映画のなかの人みたいだからだ。噴水の音が二人の声を巧みに消している。

トリトーネ通りの方に目をやった時、通りの路地から女が一人現れた。黒いワンピースを着ている女は髪も黒く、日本人みたいに見えた。女がちらっと振り返った時、ぼくは一瞬はっとなった。女の顔ははっきりとわかる東洋人で、しかもマドリードで会えなくなってしまった吉川精子によく似ていたのだ。

女はすぐにまた横合いの路地に消えた。ぼくは立ち上って、トリトーネ通りを女の消えた方へと早足で歩いた。

女の消えたあたりは、左折すればトレビの泉で、右折すればスペイン広場の方へと伸びているはずだった。スペイン広場近くには、日本レストランがいくつかある。もしかしたら……。ぼくのなかを吉川精子がローマにいるような予感が走った。そうだとしたら、香川良介もいっしょかもしれない。女の消えた路地の方を見た。路地は赤茶けた壁に突き当っていて、街路灯の下で、犬を連れた老人が一人立っていた。

朝、八時頃に目を覚した。しばらくベッドのなかの温もりと遊びシャワーを浴びペンションの食堂でパンにジャムを塗っての朝食をとった。コーヒーはエスプレッソだった。空はよく晴れていて暖かかった。ローマもようやく春爛漫の時期に入ったようだ。

テルミニ駅からヴァチカン市国行きのバスに乗ったのは十時すぎだった。車から心地いい風が入った。春の光をいっぱいに浴びたローマの街には、今までどこにも感じたことのない風格があった。

「ローマは一日にして成らず」

高校の時、世界史を教わった水野という教師の名調子がうかび、彼の光ったおでこを思い出した。

その日の夜は膳所成一に会う約束になっていた。何か仕事ができたら、ぼくはもう一度パリにもどってみたい気持があった。叶わないこととはわかっていたが、里美とパリで会えるようなことができたらいいなどと、そんなおもいも抱いていた。

バスがテヴェレ河に架るサヴォイア・アオスタ橋を渡ると、目の前にサン・ピエトロ広場が見えた。

バスを降り観光客の後についていく。光のあふれるサン・ピエトロ広場には柔い葉をつけた丈の低い木が風にそよいでいる。ここはヴァチカン市国で世界最小の独立国だ。

サン・ピエトロ広場でしばらくぼんやりした後、足早にサン・ピエトロ大寺院やシスティーナ礼拝堂を見てまわった。キリストを賛える巨大な芸術群に、異教徒はただただ圧倒されつづける。中学生の頃、美術の教科書で見たミケランジェロの作品を目にした時は、彼がとてつもない巨大な怪物に見えた。一晩で天まで伸びた豆の木を登っていったジャックが見た大男、彼は金のたまごを生む鶏を持っていた。あれはミケランジェロではなかったのか。そんなつまらないことをおもいながら歩く。

十字架から降されキリストを抱いて悲しむ聖母マリア像は「ピエタ」と呼ばれている。ミケランジェロは二十五歳でこの作品を作ったという。淡い黄色をうかべた白い大理石のマリアの膝で、キリストは清らな表情で息絶えている。もしも心が疲れていたら、自分もこんな風に抱かれていたい。そんな気持を起させる彫刻だ。

コンチリアツィオーネ通りをサン・タンジェロ城へと歩く。星形をしたこの城はテヴェレ河に面している。城の正門はテヴェレ河に架るサン・タンジェロ橋へと繋っている。橋の欄干にはずらりと天使像が立っていて、それが白く眩しい。

サン・タンジェロ橋で思い出す里美から聞いた話がある。彼女はニューヨークで通っていた美術学校、アート・ステューデント・リーグ・オブ・ニューヨークで誰かにその話を聞いたらしい。ぼくはこの話が好きだった。

老いたミケランジェロがサン・タンジェロ橋をよろよろと渡っていた。向うから馬に乗った男が数人の従者らしき者を引き連れてやって来た。ミケランジェロと馬上の男が接近した。当然のように従者たちは老人を端の方にどけようとする。その時、馬上の男が恭しくミケランジェロに礼をしたのだ。

「あの老人は何者なのでございましょう」

従者は馬上の主人に訊く。

「あのお方が、システィーナ礼拝堂の『最後の審判』を描かれたミケランジェロ様だ」

馬上の男は静かな口調で言ったという。彼は当時全盛にあったラファエロだったのだ。

本当の話かどうかはわからないが、ぼくはサン・タンジェロ橋の上でそんな逸話を思い出していた。

テヴェレ河に沿ってゆっくり歩く。ぼくは日の暮れるのを待っていた。こんな時、なかなか時間はすぎてくれない。夜の七時にバルベリーニ通りのカフェで膳所成一と会う約束をしていた。

カヴール橋を渡り、リベッタ通りを通り抜けるとポポロ広場に出た。この広場はかつて北方からやって来た巡礼者が集る場所と聞いていた。彼らはここからヴァチカンへ向ったのだろう。楕円形の広場の中央には三十メートルはあろうとおもわれるエジプト模様のオベリスクが建っている。

ぼくはヴァチカンを背に、ナポレオン一世広場からピンチョの丘に登った。

ピンチョの丘の石のベンチに腰を下し汗をぬぐった。眼下にローマの市街が広って見える。ローマという歴史の平野に頭がくらくらした。魔法にでもかけられた気分で、銀粉をまぶしたようなローマ市街を茫然と眺めた。

西に傾いた太陽はゆっくりと沈んでいく。ピンチョの丘を下り、トリニタ・ディ・モンティ通りを歩く。メジチの館の前を通りすぎると夕陽を浴びたトリニタ・ディ・モンティ教会が見えた。教会はスペイン階段の上にある。映画、「ローマの休日」のヘプバーンは石段の下で花を買い、トリニタ・ディ・モンティ教会を見あげる。ぼくは教会の前に立ち、黄色のローマの空を見た。空をち切ったように横に延びる建物の稜線はゆらゆらと揺れ、その上にスカーレットに染まった太陽が静かに浮んでいた。

朝、電話の音で目覚めた。

「もしもし、ああ、いてくれてよかったです。膳所です」

電話は膳所成一からの仕事の連絡だった。

「さっそくなんですが、ちょっと手伝ってほしいことがありましてね」

十歳も上なのに、彼はいつも敬語を使う。

午後一時、ぼくは膳所成一の事務所を訪ねる約束をして電話を切った。窓の方を見ると窓ガラスが濡れていた。ローマではじめての雨だった。

膳所成一に会ったのが三日前、翌日ぼくは一日観光のバスに乗り、ナポリ、ポンペイ、ソレントと廻って来た。よく晴れていて夏のように暑かった。観光バスのガイドはイタリア語で話すので、言葉はほとんどわからなかった。それでもあふれるばかりの陽ざしのなかで、ぼくにとって楽しい休日の一日だった。

膳所成一と会ったことで、ぼくは多少なりとも心強い気持を得ていた。彼は今年三十九歳で、岡山県の出身だった。M商事のハワイ支社を振り出しに、ブラジル、西ドイツなどを渡り歩き、ローマ支社を最後に退社したという。ローマは六年目で、今は小さな広告会社を経営している。社名は自分の姓から取り、「ZEN」という。

テーブルの前に、ポンペイの絵葉書が立てかけてある。廃墟の石畳の間に草が生えている。火山噴火によって一瞬のうちに死の灰に埋ってしまった町だ。発掘された廃墟には、轍の跡や道路標識などが残っている。ポンペイはぼくにとって世界史の町だ。

絵葉書を手に取り、またもとにもどした。シャワーを浴び、食堂でゆで玉子とパンの朝食をとった。

雨は強くなっていた。外に出るのだと言うと、宿の主人が傘を借してくれた。ぼくはこの主人の笑った顔をまだ見たことがない。

十時すぎにペンションを出た。共和国広場に出ると、降りしきる雨空に向ってナディーアの噴水が垂直に水しぶきをあげていた。濡れた舗道を歩く。足が靴の底の方から冷たくなった。はじめてローマに着いた日のことなどを思い出しながら歩いた。膳所成一と約束した午後一時にはまだだいぶ時間がある。ぼくはクアットロ・フォンターネ通りを途中で左折した。足はトレビの泉へと向っていた。雨のトレビの泉が見たかった。

雨はしきりと降っていた。そのためかトレビの泉は人がまばらだった。映画「ローマの休日」にも、「甘い生活」にも登場したトレビの泉は何の変哲もない路地裏にこんこんと溢れ出る水をたたえている。

傘をさしたままで後ろ向きにコインを投げた。そうすることでもう一度ローマに戻れるという有名な言い伝えがある。コインを投げた水面はささくれ立っていた。

昼にはまだ少し早かったけれど、泉の前のレストランでパスタを食べた。イタリア人は大食家だというが、下手に注文するとオードブルだけで腹いっぱいになってしまう。入ったのはローマに着いた日と同じレストランで、ここからは泉がよく見える。降りそそぐ雨のなかで、二頭の海馬を操るトリトンがよけいに勇ましく感じられる。

そんな時だった。目の前を日本の番傘をさした着物姿の女が通りすぎた。

――吉川精子だ。

髪をアップにしていたが、その横顔は吉川精子にそっくりだった。そんなことより彼女にちがいなかった。以前にもトリトーネ通りから現れてすぐに消えていった女だ。吉川精子はローマにいる。

ぼくは椅子から立ち上ってドアに手を掛けた。

「スクーズイ・セニョーレ！」

サービス係の男が大きな声でぼくを呼んだ。

「ミ・スクーズイ」

ぼくは覚えたてのイタリア語で謝る。ドアに手を掛けたまま女の去っていった方を見た。トレビの泉の広場には赤い傘をさした数人の子供たちがいるだけだった。

女の番傘には、何か日本の文字が書かれていた。だとすると、彼女はどこかローマの日本レストランで働いているのかもしれない。

勘定を払い、レストランを出た。雨のなかを膳所成一の会社のあるベルベリーニ通りへと向った。泉の音が遠ざかっていった。

サンゴ色のドアのベルを押すと背の高いイタリア女がドアを開け、にっこりと笑った。

「ブォン・ジョルノ」

お互いに声を掛け合う。ぼくはすぐに膳所成一のいる社長室に通された。彼は太い水色のストライプのシャツに玉虫色のベストを着ていた。ペイズリー模様のネクタイは太い。

コーヒーを飲みながらしばらく雑談した。

「トレビの泉を見ていたんですが、あのあたりに日本レストランがあるんでしょうか?」

ぼくは吉川精子に似た女がずっと気にかかっていた。

「ああ、トレビですか。あれはニコラ・サルヴィっていう若い建築家が完成させたものなんですがね、あの泉にはベルニーニも関っているんですよ。ウルバヌス八世という教皇がベルニーニに依頼しましてね、もうすぐ完成という時に死んでしまったんですよ、彼が。それでだいぶ後になってクレメンス十二世というのが工事を完成させるために若手の建築家を募るコンクールをやったんですな。それニコラ・サルヴィって若い建築家が入選して完成になったわけですね」

膳所成一は日本レストランのことには答えず、トレビの泉についてそんな説明をした。

「わたしの知り合いにいますよ、ニコラ・サルヴィの子孫だっていうのがね」

「ベルニーニはやはり凄いですね。ローマの有名な噴水はほとんど彼の作品でしょう。サン・ピエトロ広場の設計もそうだし、ぼくのペンションの近くの教会にある『恍惚の聖テレサ』も凄く好きです」

「ああ、いいですね、彼女の表情はとてもセクシーだ。まだ見てませんかね、テヴェレ河に架るスブリチオ橋の近くにあるサン・フランチェスコ・ア・リーパ教会の『福者ルドヴィカ・アルベルトーニ』、これはベルニーニの晩年の作品ですが、これもとても魅惑的な聖女像ですよ。彼が八十近い歳で作ったというんですから驚きですよ。コーヒー、もう一杯いかがですか?」

膳所成一はなかなか仕事の話をせず、ベルニーニやローマの教会の話などをした。

「ローマには日本レストランは多いんですか?」

ぼくはまた日本レストランのことを口にした。しばらく日本食は食べていなかったし、日本レストランを口にしただけで口のなかがゆるむ。

「ええ、まあいくつかありますよ。今晩にでも出かけてみますか」

膳所成一は言った。ぼくは日本レストランをねだった風におもわれたのではないかとうしろめたい気分になった。

「いえ、さっきトレビの泉の前でランチを食べたんですが、着物を着た日本の女が番傘をさして歩いていたんで、どこかあの近くにあるのかなとおもいまして」

「ほう、なるほど」

「その女の人がちょっと知ってる人に似ていたんです」

「ははあ、それはきっと『旗本』という店でしょう。なんでも明治の頃に幕府の旗本だった男が、イタリアに亡命したとかで、なんでもその子孫とかがやっている日本レストランらしいですよ。わたしも時々行くんですが、まあ味はそこそこですな。日本から来た学生なんかをアルバイトで使ってましてね。女には着物姿で仕事させてるんですよ」

「トレビの泉の近くなんですか？」

「いやいや、あれはボルゴニョーナ通りだからスペイン広場に近いですね。時々やるんですよ、宣伝のために、女の子を着物姿で通りを歩かせるんですよ。そうそう番傘をさせましてね。チンドン屋とまではいきませんが、まあ効果はあるみたいですよ」

電話がかかってきて、膳所成一は受話器を取った。彼の口から流暢なイタリア語がとび出した。

「ところで、お仕事の件ですが」

電話での話が終り、膳所成一が切り出した。ぼくは緊張して彼の言葉を待った。

「実はイラストレーションを描いていただきたいとおもいましてね。わたしの正規なビジネスじゃないんですがね。まあ、お金にはなるんですよ」

膳所成一は肘掛け付きの椅子を回転させて窓の外の雨を見た。

「描く道具さえあればなんでもやります。イラストレーションは前から描きたいとおもっていましたから」

「ほう、それはよかった。画材はおっしゃってくだされればこっちで用意しましょう。仕事の場所もここじゃないところでやっていただくことになるんですが、それでも？」

「もちろん、それはどこでもかまいません」

「今はペンションでしたね。うーん、宿賃はおいくらですか。もったいないですねえ。もしよかったら、その仕事場にお住みになりませんか。個室もあるし、今のペンションの三分の一くらいお払いいただければ十分ですから」

膳所成一の言葉は夢のようだった。ぼくは二つ返事で彼の申し出にのることにした。

窓から雨に煙るバルベリーニ宮が見えた。ぼくは窓辺に近づいた。濡れそぼるバルベリーニ通りを車が水しぶきをあげて通りすぎる。

背中の方から甘い香りが漂った。膳所成一が葉巻に火をつけたのだ。彼は横に立ってそっと肩に手をまわした。

「よく降りますね」

そう言って膳所成一がぽんぽんと肩を叩いた。膳所成一の指から、妙な温りがつたわった。

テヴェレ河が左へとブーメランのようなカーブを描いている。よく晴れていて暑いくらいだった。

「でも、お仕事見つかってよかったわね」

吉川精子が川からの光の反射に顔をそむけた。ぼくは白いブラウスを突き上げている彼女の胸のあたりを見た。

「ええ、でもふしぎな仕事なんですよ」

「イラストレーションでしょう?」

「そうです。昨日描き上げたのはボッティチェッリの『ヴィーナスの誕生』のパロディみたいので」

ぼくはそれ以上の説明は加えなかった。

吉川精子と再会したのは、膳所成一が夕食に誘ってくれた日本レストラン「旗本」だった。

着物姿で客の応待をしている彼女を見た時は正直言って驚いた。街で見かけたのはやはり吉川精子だったのだ。いずれにせよぼくたちは再会を喜んだ。

香川良介と吉川精子のマドリードでの行方不明は、二人してガリシア地方のビーゴ周辺を旅していたとのことだった。その後彼女はマドリードにもどり、香川はそのままアメリカに渡りさらにベトナムへと向ったという。カメラマンとは言え、香川の行動力にはついていけないものがある。

「仕事するお部屋も借してくれるなんて、ラッキーね」

吉川精子の言葉にぼくは黙って頷いた。

「膳所さんのことはニューヨークで知り合った友人に紹介されたんだけど、ほんとうのこと言って、ぼくはあの人のことがよくわからないんです。吉川さんのいるお店にはよく行くみたいだけど」

「そう、わたしも今のお店はまだそんなに日がたっていないから、今度お店の人に訊いといてあげるわ」

「ええ、でも別に疑ってるわけじゃないんです。いろいろとよくしてくれてますから」

「あなたのこと、気に入ったのよ。人徳よ」

「そんなあ」

ぼくは肩からずれそうになったショルダー・バッグを掛け直した。バッグのなかには、今二人で覗いてきたポルテーゼ門の蚤の市で買った青いガラスの花瓶が入っていた。

「おいしかったです。『旗本』で食べた親子丼、日本食たべたのは久しぶりだったから頭がボーッとなって」

「ほんと、じゃあ支配人に言っとくわ。今度特製の親子丼を出してあげてくださいって」

「お願いします」

ぼくたちは笑った。吉川精子の笑った顔を見るのはめずらしかった。

ティベリーナ島へ架るチェスティオ橋で彼女と別れた。彼女の午後は日本の商社マンの家で子守りをして、夜は日本レストラン「旗本」でウエイトレスとして働いている。

時刻は午前の十時をまわっていた。早朝からはじまる蚤の市に出かけたことやそこで花瓶を買ったことなどは自分の気持のゆとりのようにおもえてうれしかった。

シスト橋を左折した。ジャニコロの丘に向う途中に、膳所成一の別宅があり、ぼくは五日前からその一室を借りて仕事をしている。

膳所成一から依頼される絵ははじめから怪し気だった。昨日仕上げた「ヴィーナスの誕生」の絵がうかんだ。

ラフ・スケッチを見せられた時は考え込んでしまった。中央のヴィーナス、それに右側からガウンを掛けようとしている女に男性器があったのだ。左側から出ている男二人の腕は義手だった。

「これを限定でプリントしてね。結構売れるんですよ」

膳所成一はそれがかなりのビジネスになると踏んでいた。ぼくは言われるままに絵を描いた。どんなものでも、絵筆を握っている時は楽しい。そのことは子供の頃から変っていない。

陽ざしが強く暑かった。登り坂を歩きながら、ハンカチで汗をぬぐった。途中にアイスクリームのスタンドがあったので、ストロベリーを買った。六百リラだった。

アイスクリームを食べながら歩く。路地のなかから赤い制服の子供たちが飛び出して来て何やら叫び合いながら走っていった。

ぼくはローマの春のなかを一人歩いていた。

第三章

葉巻の甘い香りがドアの方から漂ってくる。ぼくはトレイにコーヒー・カップを二つのせてドアの方へと歩いた。

ノックすると「プレーゴ」という男の声が返ってきた。ドアを薄目に開けるとピンク色の毛布が見えた。窓のカーテンもピンク色をしている。

「コーヒーを持ってきました」

ぼくが言い終らないうちにピンクの毛布がもぞもぞと動く。

「ありがとう、そこのテーブルに置いてくれる」

葉巻を咥えた膳所成一の裸の肩が毛布からのぞく。ダブルベッドの上で、カルロ・ビアンコが上半身を起した。カルロも裸だ。

「チャオ」

カルロがウインクをした。その後で何か言ったがぼくにはわからない。曖昧に笑った。

「何て言ったんですか？」

ぼくは膳所成一に訊いた。彼も曖昧な笑みをうかべた。

「ここにいっしょに入らないかって言ってるのさ」

膳所成一は灰皿に大きな葉巻の灰を落して言った。

「ノ・グラッツェ」

「プレーゴ」

そんなやり取りの後、ぼくは部屋を出た。まったく膳所という男は何を考えているのか。ぼくにアブノーマルなイラストレーションを描かせ、自分はそれを実践している。しかし彼には妙な暗さはなく、たいていのことにオープンだった。はじめはぼくもそうおもっていたが、オープンなだけに人は煙に巻かれ、彼をよけいに謎めいて見る。

膳所とぼくの共通点、それはお互いにモダン・ジャズが好きなことだ。ジャニコロの丘の下にある彼の別邸の部屋にはジャズの名盤がずらりと揃っていた。連日怪しげなイラストレーションを描かされたが、レコードを聴きながらの作業は楽しかった。何よりも嬉しいのは原稿料がとてもよかったことだ。一枚仕上げると、それが十万リラくらいの収入になる。貯金もできるし、日本レストランに行くこともできた。

四月ももうすぐ終る。窓を開けると新緑の風がすがすがしい。コーヒーを飲みながら風のそよぐジャニコロの丘の緑を眺めた。

甲高いイタリア語とけたたましい笑い声がバスルームの方から聞えてくる。カルロと膳所はいっしょにシャワーを浴びているのだ。もうすぐ四十に手の届く膳所成一は、一度イタリア女性と結婚したが一年もたずに別れている。男色家であり、女に対してもあれこれと奇妙な性癖がある。彼自身はエピキュリアンを自称している。

バスルームの笑いがやんで、シャワーの音だけになった。二人が何をしているのか、ある程度は想像がつく。ぼくは膳所成一の行為を何度か目撃している。彼にはぼくが知っているだけでもう二人の仲間がいて、一人はまだ二十前後でピエールという青年、もう一人はエットレという五十近い男だった。膳所成一はその二人とも男色関係があり、男の前での彼はいつも女になった。

男同士の性行為は、ニューヨークのポルノショップのビデオでよく知っていた。働いていたスタジオは四十二ストリートの六番街の角にあり、西へ歩くと、七番街、八番街とポルノ・ショップやピープ・ショウの店が乱立している。ニューヨークで働き出して間もない頃、友だちもいないぼくはランチ・タイムなどよくふらふらと、七番街、八番街の方へ散歩した。ダーティ・プレイスと呼ばれるその一帯は、昼間からドラッグに浸った黒人がたむろしていた。はじめてのポルノ・ショップはショッキングだった。ノーカットで見る男女の性器の結合写真には頭が痺れた。狭いボックスで二十五セントのコインを入れて見るフィルムにも異常な刺激があった。

男と男が絡み合うフィルムを見たのも、そんな狭いボックスのなかだった。もちろん男色趣味などはないのだが、男と女にしろ、男同士にしろ日本で禁じられているものが見られるということだけで興味があったのだ。二十五セントで約三分ほどフィルムが流れる。余切れるとまた二十五セントを入れる。結局二ドルくらいはかかってしまう。

ランチタイムに地下のポルノ・ショップから地上に出るといつも雪が降っていた。ぼくはまだ里美のいなかった一人ぼっちのニューヨークを思い出した。

イラストレーションを描くために、キッチンで水差しに水を入れて、筆を洗った。

将来、イラストレーターになりたいなどと、中学生の頃から漠然とおもっていたが、入学した美大ではグラフィック・デザインを勉強し、卒業後もそれがそのまま職業になっていた。ヨーロッパのローマで、しかもこんな形でイラストレーションに接するとはおもってもみなかったことだ。

膳所成一とカルロが部屋を出ていった。ガッシュの箱から赤を出し白い小さな皿に水で溶く。

これから描こうとしている絵のラフスケッチと資料を見る。

薔薇の咲いている庭のテーブルに、中世風に着飾った女が二人いる。二人は後姿だ。二人の正面に全裸の少女が立っている。少女の横にナポレオン・スタイルの乗馬鞭を持った男が立っている。

匂い立つような薔薇の庭を描いて欲しいと膳所成一は言った。いったいどんな絵になるのだろうか。彼に言わせると、こういった絵を趣味で集めている人たちが多いのだという。

ぼくは赤い薔薇から描きはじめた。細い筆を使って細く花びらを描く。三時間ほどで深紅の薔薇の咲き乱れる庭園が目の前に広った。


五月に入って気温はぐんぐんと高くなった。それでも木影などに入るとひんやりとする。晴れの日がつづいている。

昼をすぎた頃、以前泊ってたペンションの主人から郵便が届いていると電話があった。

「サトミ・コムラ」

ペンションの主人はたどたどしく差し出し人の名前を読んだ。

「グラーツェ、グラーツェ」

うれしさのあまり、ぼくは二度も「ありがとう」をくり返した。

バスで手紙を受け取りに行き、ナディーアの噴水の端に腰を下して封を開いた。陽を受けた便箋の白がまぶしかった。

手紙には、里美らしい単々とした調子で祖母の死が綴られていた。

――お元気ですか。四月二十八日に祖母が他界しました。四月に入って、ほとんど意識のない毎日でしたが、四月二十八日の朝、目覚めないままの死を迎えたんです。八十五歳の安らかな死だとおもっています。

四月三十日がお葬式で、親戚や近所の人たちが大勢来てくれました。今日は五月二日で、五月晴れです。庭の小さな池、知っているでしょう。あの池を作らせたのも祖母で、池のまわりに藤棚を作ったのも祖母です。もうすぐその花も咲きそうです。

おばあちゃんは、わたしからニューヨークの話を聞くのが好きでした。自分も若かったら、きっとニューヨークに行ったなんてよく言ってました。

母もわたしも元気です。今日おいしい水蜜を食べました。

お元気で、帰国を楽しみにしています。とても会いたいです。さようなら。――

短い文面だったが、そのなかに倹しい女家族の、その年長者の死がひしひしと語られていた。

手紙を封に入れ、ジャケットの内ポケットにしまった。

こうなったら、一日も早く帰国するか、もう少しここでアルバイトをしてお金を貯めるしかない。このままコンスタントに仕事ができたら、里美をこっちに呼べるかもしれない。いや、こんな流浪の身では無理に決っている。あれこれ考えてみるのだが、結果はいつも消極的に納ってしまう。

テルミニ駅の方へ歩いて来ると映画館の前に出た。アメリカ映画を上映している。サム・ペキンパー監督の「ワイルドバンチ」ともう一本は「レッド・ストーン」とかいうあまり聞いたことのない西部劇だった。

映画館に入った。ちょうど「ワイルドバンチ」がはじまるところで、この作品には大好きなロバート・ライアンが出ていた。

中学生くらいの頃から、気持が沈むといつも映画を見た。映画館の狭いシートに埋っていると気持が和んだ。

「ワイルドバンチ」は暴力シーンを描かせたら右に出るもののないサム・ペキンパー監督の作品だ。「ワイルドバンチ」というのは、西部開拓史上に現れた最強の強盗団で、映画はワイルド・バンチ一味と、バウンティ・ハンター、つまり賞金稼ぎとの闘いを絡めながら、やがてはメキシコへと舞台を移していく。

バウンティ・ハンターのリーダー格、ソーントンに扮しているのがロバート・ライアンだ。やるせない寂しさを漂よわせた初老のソーントン役のロバート・ライアンはとてもよかった。

ニューヨークで暮しはじめた頃、この映画は話題になっていたがついつい見逃していた。まさかローマで見るとはおもってもいなかった。

映画館を出ると、まだ五月の陽が照りつけていた。暑かったのでジャケットを脱いで歩く。足はベルベリーニ広場からスペイン広場の方へと向っていた。

ベルベリーニ広場のカフェでコーヒーを飲んだ。店頭のテーブルの椅子に腰かけてカプチーノを飲む。観光バスが止り、観光客のなかからは十数名の日本人が現れた。六人ほどがぼくのいるカフェのテーブルに着いた。

「コロッセオって意外やったでえ。墓場みたいやったな。もっと広い運動場やないかとおもうとったんや」

一人の男が言った。言葉で関西の人だとすぐにわかる。

「あんなとこで、ライオンなんかと闘わならんやったら、ひとたまりもないなあ」

彼らはおもいおもいに話し合っている。六人のうちの二人は女で、彼女たちは男の話に時々笑顔をうかべたりしていた。

ぼくはカフェを出てシスティーナ通りをスペイン広場の方へと歩いた。夕食は「旗本」でとろうかなどとぼんやりと考えながら歩く。陽はゆっくりとヴァチカン市国の方へと傾いていた。広場を出ると、くっきりとした黒い建物の影が路上に落ち、それはどこか謎めいたキリコの絵をおもわせる。いつかどこかで見たことのある記憶のずっとずっと先端にひっかかっている懐しい風景だ。風が冷たく感じ、ジャケットをはおった。

システィーナ通りからトリニタ・デイ・モンティ教会の前に出た。眼下はスペイン階段で、階段下ではヒッピー風の男がギターを奏でている。石段は寄り添っている恋人たちでいっぱいだった。

教会の前に腰を下し、色を濃くしていく太陽を眺めた。もう少し時がたてば、夕陽がジャニコロの丘を染めるだろう。

階段の下からギターが聞えてくる。サイモンとガーファンクルが歌ってヒットした「明日に架ける橋」だ。

立ち上って階段へと降り、また石段に腰を下した。ギターを弾いている男は舟の噴水のすぐ近くにいる。少女が舟の噴水から流れ落ちる水を飲んでいた。みんなそれぞれの時間を楽しんでいるのだが、自分だけは目に見えないガラスの箱に入れられているみたいで、なかなかそれが破ることができない。

肩を叩かれて後を向くと、恋人どうしの男の方がマッチを持っていないかという仕種をした。ポケットからマッチを出してやると、男は口に咥えた煙草に火をつけて立ち上った。女の方が手にしていた薔薇の花束のなかから一本抜き取り、にっこり笑ってぼくに手渡した。

「チャオ」

男は煙草を指にはさんで言い、女の肩を抱いて階段を降りていった。どこの国の若者かわからないが、なんだか二人が羨しかった。

日が暮れても、あたりは明るかった。「旗本」には六時すぎに入った。「旗本」はスペイン坂から歩いて十分ほどのところにある。日本レストランはこの他にも二つほどあるらしいが、ぼくはまだ知らない。

喉が乾いていたのでカウンターでビールを一本飲んだ。客はまだまばらで、奥のテーブルに観光客らしい日本人が三人ほどいるだけだった。

「膳所社長とお待ち合わせですか」

まだ客の少ない余裕からか、バーテンダーが意味ありげな笑みをうかべて声を掛けた。

「いえ、今日は特に約束はしてないんです」

ぼくはそう答えたが、バーテンダーの笑いが気にかかっていた。

膳所成一の男色好みがこんなところでもよく知られているとしたら、ひょっとしたら、自分もそうおもわれているのかもしれない。

俯くと、グラスのなかの小さなビールの泡がゆっくりと上っていくのが見えた。何をおもわれたって、こんな異国にいるんだから仕方ないとおもった。それに、毎日描いている絵は男色以上の異様な世界だった。膳所成一は強い男だし、何もやらなくともいいことを、好意でぼくにしてくれていた。

「膳所さんに用事でしたら何か伝えますよ」

ぼくはバーテンダーの意味あり気な笑みへのお返しのつもりで言った。

「いえ、特にありません。よく御いっしょなもので」

バーテンダーはすましていた。

後のドアが開き、数人の客が騒がしく入って来た。サービス係が彼らに応対する。

「警察知らせた方がいいちゃうか」

「誰が行くねん」

入って来た客たちは大阪弁を話している。ぼくはベルベリーニ広場のカフェを思い出した。あそこでいっしょになった連中も大阪弁を話していた。

それとなく席についた客たちを見た。大柄な、派手なチェック柄のジャケットの男に見覚えがあった。いかにもローマに着いて買ったとみられるばりばりのイタリア調ジャケットだった。

彼らは何やら騒がしく話し合っていた。

サービス係がバーテンダーに何か耳うちした。彼は頷きながらグラスに襟もとを写しボウタイの曲りを直した。

「お客さんニューヨークからでしたね？」

バーテンダーはタンブラーグラスと布巾で音をたてた。

「ええ、でもいたのは二年だけですから」

「ニューヨークも物騒だって言われてますけど、このところのローマも油断できませんよ」

「そうなんですか？」

言いながら自分の描いている怪しげなイラストレーションを思い出した。ぼくもローマを物騒にしている一人かもしれない。

「よく事件があるんですか？」

「あるって、そうしょっちゅうじゃないですけどね、時々日本人が狙われるんですよ」

バーテンダーはそこまで言うと声を潜めた。

「さっき入って来たお客さんたちの一人が行方不明らしいんですよ。女の子がね」

「どういうことですか？」

「どういうことって、お客さん、アラビア方面かトルコあたりでしょう。日本の女はめずらしいですからね」

「誘拐ですか？」

「いえ、それはまだわかりませんよ。ただね、わたしの推測なんですがね、よくあるんですよ、この手の不明者が、一種の人買いですねえ」

バーテンダーは唇に指を当ててまた声を潜めた。

バーテンダーの謎めいた話はもっと聞きたかったが、テーブルで頭を寄せ合っている当事者たちのことを考えるとそれはできなかった。ベルベリーニ広場のカフェにいた二人の若い女、特に気にかけなかったが、育ちの良さそうな雰囲気をしていた。どのような観光ルートでやって来たのかわからないが、いずれにしても豊かな家庭のお嬢さんにちがいない。

二人掛けのテーブルに移って親子丼を食べた。膳所成一の別宅で暮しはじめてから、よく日本料理を作って食べているけれど、やはり調味料の不足からなかなか上手くはできない。甘辛い醤油の味が歯茎に染み込んでいく。

「お茶お入れしましょうか」

土瓶を持った着物姿の女が湯呑みにお茶を注いでくれた。

「あの、今日は精子さん遅番よ。九時にはお店に出るとおもうけど」

お茶を注ぎながら女が言った。

「あ、そうですか」

ぼくは時計を見た。九時にはまだ一時間ほどある。

「よかったらカウンターでお待ちになったら」

「いえ、ぼくはそろそろ」

「大丈夫よ。精子さんにまかせといたらいいんだから」

三十前後と見えるその女は気のよさそうな表情で微笑んだ。懐具合を見透かされたようで顔がほてった。

お茶を飲み干して立ち上ったところに、突然聞き覚えのある声がした。

「なんだ、なんだ。一人でお忍びかい。電話でも一本してくれりゃいいじゃないか」

膳所成一だった。すでに酒が声に絡んでいる。彼は若いイタリア人の女を連れていた。

「飲もう、飲もう、そんな一人ですねてるもんじゃないぞ、将来の大ものが」

こんな時の膳所成一はやけに男っぽくなる。勧められるままにカウンターに並んだ。彼が連れの女を紹介した。

イボンヌ・フルノー。

二回聞いて、やっとその名前を覚えた。はっきりとした年齢はわからないが、まだ二十代の前半であることは確かだった。

行方不明が出た客のグループが店を出て行った。

「どこか道に迷ってられるかもしれません。とにかく今日、明日待ちましょう。力になれることは全力でいたしますから」

店の支配人が、客を送り出しながら言った。

入って来たばかりで理由のわからない膳所成一が何かあったのかといった表情でぼくの方を見た。

「女の子が行方不明になったらしいんですよ」

バーテンダーは膳所成一のグラスにワインを注ぎながら言った。

「ああ……」

彼はワイングラスを手に溜め息に似た声を発した。

イボンヌが何か言った。膳所成一がそれに答える。わからないやり取りだ。

「ローマ、ナポリの線らしいね」

そう言って、膳所成一はワインを舐めるようにして飲んだ。

「何ですか、それ？」

「うん、外に運び出すルートさ。誘拐した女をね。日本人ばかりじゃないっていうよ。フランス人だって、アメリカ人だって、とにかく狙われるのは一人歩きの若い女ってことだな。ニューヨークだってあるんじゃないか？」

「あったかもしれませんが、あまり聞かなかったですね」

ニューヨークは確かに安全な街ではなかった。あちこちで殺人やそれに近い犯罪を耳にした。

アパートで里美の顔を見るといつもほっとしたものだった。

「行方不明になった女の子、ぼくは今日見たんです。ベルベリーニ広場のカフェで」

ぼくはスコッチのオン・ザ・ロックを飲んでいた。

「え、それ何時頃なんですか？」

バーテンダーが身をのり出してきた。

「いいえ、でもその時はまださっきの人たちもいっしょだったんですよ。みんなでコロッセオを見学してきた話をしてましたから」

「ふーん」

膳所成一はまたワイングラスを舐めた。

「いいアイディアがうかんだぞ。今度は日本女性誘拐を絵にしよう」

何をおもったのか膳所成一の目が輝いた。

九時を少しまわって吉川精子が店に顔を出した。客もいっぱいになり、彼女は忙しそうだった。時々目が合ったが言葉を交わす間はなかった。

「君は親しいようだが、あの子は怪しいね」

膳所成一は突然ぼくの耳もとで言った。

「吉川さんのことですか？」

ぼくは小声で訊き返した。

ジャニコロの丘の下で暮すようになってから、ぼくはよくトラステヴェレ周辺を散歩した。トラステヴェレというのは、テヴェレ河の向う側という意味だという。この地域はどこか下町風で、街並みも中世の面影を残していた。

一日の、たいてい午前中に一回は膳所成一に電話を入れることにしていたが、仕事のない時はトラステヴェレをぶらぶらと歩いた。疲れるとバールに入ってコーヒーを飲んだりした。バールは喫茶店と酒場を兼ねたような店で、簡単な食事、たとえばピッツァやサンドイッチなどもあるので便利だった。バールでぼんやりしていると、いつの間にか自分もローマっ子になった気分になる。

サンタ・チェチリア教会にはじめて入ったのは、五月に入って間もないよく晴れた日の昼下りだった。サン・タンジェロ城あたりから蛇行して流れるテヴェレ河の大きなうねりの出鼻に位置するリパ川岸通り近くにあった。

この教会にあるステファノ・マデルノの作品、聖チェチリアの像を見た時、ぼくはふしぎな感銘を受けた。三世紀頃、チェチリアという貴族出身の女性は、キリスト教であるが故に迫害され殉教したのだという。ステファノ・マデルノの聖チェチリア像は、彼女の死体がカタコンべで見つかった時のままの姿を再現している。カタコンベというのは地下墓地といった意味らしい。

聖チェチリアの像は、身体を横向きに、顔を床に俯伏せている。顔は見えないが、身体の前に揃えて出している手の指や薄い衣服の裾から覗く足の指から彼女の美しさが想像できる。

「エロティックな死体だ」

聖チェチリア像の話をした時、膳所成一は言った。彼の言葉は当を得ていた。

ぼくは時々サンタ・チェチリア教会へ足を運び、横たわる彼女の像の前に立った。

聖チェチリアは、どのような迫害を受けて殉教したのだろうか。彼女の死んだ姿には、殉教者の悲しみと、女の艶めかしさが混在していた。

「彼女は異教徒たちに犯されて舌を噛んだんだな。両手を前にして縛られ、後ろから次々に犯されたんだ。そうじゃなかったら、前に揃えて出している両手は不自然だし、足の指だって、ほら、女のあの時の力がある」

膳所成一は彼独特で大胆な推測を口にした。

ぼくは聖チェチリア像を前に、数日前に仕上げた絵を思い出した。それは八枚セットでプリントする膳所成一のアイディアによる内容だった。彼はそのアイディアを行方不明になった日本女性から得たという。

誘拐された若い女が冷たいコンクリートの部屋に下着姿で鎖で繫がれている。やがて医師のような白衣を着た男たちが現れる。なかには眼鏡をかけた中年で長身のスラリとした体形の女が一人いる。白衣の男の一人が鎖で繫がれている女の左腕を摑み注射する。

注射液は、人体に植物を繁殖させるものらしい。女は注射された後、全裸になってシャワーを浴び、鉄格子のついた寝室に案内される。女は数日眠りつづける。

目覚めた時、女は狂気の叫び声を発する。肌に蔦の芽が発生しているのだ。蔦は日に日に女の身体を覆いつくしていく。

この話を膳所成一から聞かされた時はぼくはこの男の創造性に驚いた。ポール・デルヴォーの絵やピエール・クロソフスキーの絵などがつぎつぎとうかんだ。ぼくは書店に行き、そんな絵の資料がないかと探してみた。

一人、ふしぎな画家の画集があった。画家はディーノ・ブッツァーティという聞きなれない名前だった。彼の絵の女はみんな熱にうかされたような顔をしていた。椅子があり、背もたれには男ものの背広が掛けてある。女が一人その背もたれに身体を預け、熱病に侵されたような眼ざしでじっとこっちを見つめている。

もう一枚の絵も怪しげだった。それはコマ漫画風に画面がいくつかのコマに仕切られている。椅子に気怠るそうに一人の裸の女が腰掛けている。窓から一匹の蜘蛛が忍び込んでくる。蜘蛛は白い糸を吹き出し裸体の女をくるくる巻きにしていくのだ。

身体を自分の肉のなかから芽を出した蔦で覆われる絵を描くのに一週間かけた。

「いいねえ、素晴しい。君の描写法がなんともエロティックでいい。さすがはアメリカ仕込みだ」

こんなことを言う膳所成一の目はやさしかった。描写法は、ニューヨークのアンティーク・ショップに売っていた誰が描いたのかわからない板切れに描かれた絵からのヒントだった。もちろん、ルネ・マグリットの「暗殺者危うし」という絵からの影響もあった。

口から血をしたたらせた裸の女が横たわっている。窓から紳士が、数人で彼女を見つめている。女は多分死体になっているのだろう。女のサイドテーブルでは古い蓄音機がまわっているのだ。

膳所成一はきちんきちんと部屋代を差し引いた原稿料を支払ってくれた。ぼくはそれを貯めることで、ヨーロッパの、それもできるならパリで里美と会えたらいいとおもっていた。

いつかそんなことを膳所成一に話したことがあった。

「ふーん、その里美さんに会ってみたいね、ローマに呼んだらどうなの。まだ結婚式をしてないんなら、ローマの教会で挙げたらいいじゃない」

彼は冗談まじりに言い、笑った。そんなことができるわけがない。ぼくは膳所成一の冗談を夢のように想像した。

「まあ、とにかく頑張んなさいよ。ぼくもいろいろ考えてあげるから。今はどんな絵でも描いた方がいい。そのうちきっとそれが君のものとして生きる時がくるんだから」

膳所成一はパイプにマッチの火をかざした。

ニューヨークでもそうだったが、なまじアーチストを主張する男たちの言葉はどこかひ弱で絵空ごとが多かった。それに比べ、商社マンたちの言葉は力強く真実を摑んでいる。膳所成一は得体の知れない分、異国で生き抜く力のある技を持っているようにおもえた。今はこの人についていくしかない。ぼくはそう決めて彼の仕事を積極的にこなしていった。


五月に入って気温はぐんぐんと上った。週が明けたばかりだったが、この日は何も仕事がなかった。ぼくは電話番でもあるのだが、ここへの電話はほとんどが仕事と関係のないものだった。つまり膳所成一の遊び仲間からの誘いしかなかった。彼は先週末からフィレンツェへ出張していた。

昼すぎ、ぼくは家を出てトラステヴェレ方面へと歩いた。サンタ・マリア・イン・トラステヴェレ教会の石段で少し休み、まだ昼食をすませていなかったので教会近くのバールの店頭に出たテーブルでピッツァを食べた。昼下りで客はあまりいなかった。

ローマのピッツァは二切れほどで満腹になる。喉を冷たくはじけるコーラが心地よかった。ジャケットの内ポケットに入れてきた便箋を開き里美に手紙を書いた。柔い風が折り目のついた便箋の上を吹いていく。

――五月に入って、毎日夏のように暑い日がつづいています。お元気ですか。ぼくは今ローマで足止めをくっています。ここで仕事が見つかって、毎日お土産用の絵を描いているのです。前にも知らせたとおもうけれど、例の膳所成一氏があれこれと仕事を持ってきてくれるので、それをこなしています。原稿料はきちんとしてくれるので貯金も少しできました。日本には早く帰りたいんだけれど、もしかしてまた君をこっちに呼べるのじゃないかなどと、ちょっと甘い考えも持っているんです。ほんとにそんなことがあったらいいんだけれど、でも今はちょっと本気で頑張っています。膳所氏は君をこっちへ呼んだらいいなんて言っているんだ。ああ、でも鰹で御飯が食べたい。鰹の生り節に生姜醤油をかけて、ああ食べたい。食べたい。

今はトラステヴェレという町のバールでピッツァを食べ、そこのテーブルでこの手紙を書いています。ピッツァはニューヨークでもよく食べたね。懐しいな、「1スライス・エンド・コーク」っていうのが。だけどこっちのはやはり大きくておいしい。本場だからね。それでこのトラステヴェレという地区はテヴェレ河を渡ったところにあって、だからローマ市内から見ると川向うといった感じだね。トラステヴェレというのも、テヴェレ河の向うという意味らしい。

町並みは古くてどちらかというと下町の雰囲気がある。ぼくの今住んでいる膳所氏の家からちょうどいい散歩コースなんだ。今日みたいに晴れた日は特にいいね。東京の桜もずいぶん見てないし、今は新緑がきれいだろうね。こっちも今は緑がきれいです。じっとしていると頭がぽかんとしてきて眠くなるね。おばあちゃんの葬儀なんかで疲れたんじゃないかな。お母さんを一人にするのは可哀そうだけど、ほんとにこっちで会えたらいいね。今すごく会いたい。

ほんとのことを言うと、時々ローマの日本レストランに行ってるんだ。「旗本」って言うんだよ。里美が言っていた、ほらおばあちゃんの話の旗本くずれで一膳飯屋をやったっていうあの旗本。だからローマのこのレストランの先祖も旗本くずれで一膳飯屋をやっていたのかもしれないね。そこのメニューが一般的に特別おいしいかっていうとわからないけれど、ぼくにはとても旨い。たまらなくね。ただ高いからいつもいつもは行けない。膳所氏のおごりの時はうれしい。

「旗本」は近くにスペイン広場やトレビの泉なんかがあって、だから日本人の観光客も多い。この前、日本の女の人が行方不明になる事件があったけど、その後どうなったんだろうな。やっぱり都会はいろんなことがあるんで注意しなくちゃいけない部分には気を配らないとね。

スペイン広場にしてもトレビの泉にしても、みんな映画で見てるんで、自分がそこにいたりするとちょっと変な気分になるね。両方とも「ローマの休日」で有名だからね。当り前だけどほんとに映画のとおりなんだ。トレビの泉は「ローマの休日」よりもフェリーニの「甘い生活」の方が印象は強いな。ほら、マストロヤンニとアニタ・エクバーグがトレビの泉に入っているると時間がきたのか噴水が上るじゃない。静かになってさ。犬の遠吠えが聞えてきて、それをアニタ・エクバーグがまねるところ。懐かしいよね。あれ見たの確か池袋の文芸座だったね。ほんとにローマに来れたらいいね。とにかく頑張るよ。とりとめがなくなっちゃったな。途中で便箋がなくなっちゃったんで、近くの教会でもらったパンフレットに書いちゃったよ。ここはサンタ・マリア・イン・トラステヴェレ教会といってローマに建てられたキリスト教公認の最初の教会なんだって。アーメン。じゃあね、元気で、すごく会いたい。お母さんによろしく。さようなら

トラステヴェレのバールにて。——

手紙を書き終えた時、アメリカ人の若いカップルが来て隣りのテーブルについた。ローマ人の悪口を言って笑い合っている。男の方がイタリア人の喋り方や話す時の仕種などを真似し彼女を笑わせた。二人は何度もキスをくり返した。

里美への手紙をポケットに入れバールを出た。路地には古い建物が並び、その屋上に植えられた緑が風にそよいでいる。

膳所成一から聞いた、エルザ・マルティネリのことなどを思い出した。イタリア出身の映画

女優だ。ハワード・ホークス監督の「ハタリ！」ではジョン・ウェインやハーディ・クリューガーなどと共演していた。

「エルザ・マルティネリっていう女優ね。彼女は家がとても貧しかったんだ。それでトラステヴェレで配達のアルバイトして学校へ通ってたらしいのね。まるで映画みたいよね。でも彼女はデザイナーにスカウトされてファッションモデルになって、その後アメリカのショウでカーク・ダグラスに認められてね、彼の映画でデビューしてるのよ。なんて言ったかしら、あの映画、そうそう、『赤い砦』っていったとおもう」

膳所成一はそんな風に話してくれた。

路地をジグザグに曲った。エルザ・マルティネリもこの路地を配達のために走っていたかもしれない。

目の前が明くなり、テヴェレ河に出た。通りはリパ川岸通りとなっている。左前方の橋に向って歩いた。

パラティーノ橋を渡る。ティベリーナ島に架るチェスティオ橋とファブリチオ橋、それに半分だけ壊れたロット橋が見える。ティベリーナ島の木々の梢で光が散っている。しばらく橋の真んなかにぼんやり立っていた。

古い街が広っている。あちこちに先の尖がった教会の屋根が見える。

——ローマ誕生の伝説。狼に育てられた双子の兄弟か。

橋を歩きながら呟いた。大学受験の時に買った雑誌の付録についていたローマの歴史にそんな話が書いてあった。

双子の兄弟の名前は兄がロムルスで弟は確かレムスといった。この兄弟がパラティーノの丘に新しい町をつくったのがローマのはじまりと伝えられている。ローマの名称は、弟のレムスを殺してしまうロムルスの名前からきているらしい。

ジュリアス・シーザーの名前を、イタリア読みでジュリオ・チェーザレと教えてくれたのは高校の世界史の先生だった。ジュリオ・チェーザレの方がずっと恰好いい。

パラティーノ橋を渡ると円形をしたふしぎな建物があった。周囲を人が取り巻いている。どこか宇宙人の乗り物のようだ。標識を見るとヴェスタ神殿と書かれていた。

草の上に寝ころんだ。バスが止まり、観光客がぞろぞろと降りて来る。五月という観光シーズンでもあって、ローマはどこも人でいっぱいだった。

喉が乾いて草の上から立ち上った。どこかで飲みものを買おうと歩き出した時、前方から五人ほどの日本人客を連れた女に目が留まった。吉川精子だった。

「吉川さん、今日はガイドですか?」

ぼくは笑いながら言った。

「奇遇ね、こんなところで」

　彼女も笑顔を見せた。

「すごく暑いですね」

「ほんと、これからはどんどん暑くなるわ。ね、いっしょに真実の口に行かない？」

「真実の口？」

「あら、まだ行ってなかったのね。ほらあの映画見た？「ローマの休日」、覚えてる？　グレゴリィ・ペックが悪魔みたいな顔の口に手を入れて、抜けなくなってヘプバーンを驚ろかすところ」

「ああ、あれですか。この近くなんですか？」

「行きましょう、いっしょに」

　吉川精子は、「旗本」のサービスとして、来店した客の観光案内をしているのだと話した。

「ぼくも時間があるから少し勉強してガイドをしようかな」

「いいわね。わたし、日本のいい地図持ってるから貸してあげるわ」

「でも駄目だ。ぼくはイタリア語はほとんどわからないから」

　真実の口のあるという、サンタ・マリア・イン・コスメディン教会へと歩きながら、ぼくたちはそんな会話を交した。こんなところで彼女に会えたことがうれしかった。日本女性の失踪事件や、彼女を怪しむ膳所成一の言葉などもあり、なんとなく遠ざかりつつあったが、こうして会ってみると、そんな疑惑はすぐに消えてしまった。

真実の口はすぐだった。

「ボッカ・デラ・ヴェリタ。ボッカは口、ヴェリタは真実の意味があります。この円形のなかの顔は海神トリトーネの顔を形どってできています。円形の直径は一メートル七十五センチです。このトリトーネの口に手を入れると嘘をついている人は手が抜けなくなります。さあ、嘘をついてないとおもっている方はどうぞ」

吉川精子が説明した。五人のうち三人は若い女たちだった。はじめ中年の男が手を入れた。

「おう、抜けた、抜けた」

中年男は顔を赤らめて抜いた手をひらひらさせた。若い女たちはそれぞれ譲り合っている。

「やってみる？」

「吉川さんは？」

「わたし抜けなくなるわ。嘘ばっかりついてるから」

「ぼくだって同じです」

「大丈夫、御心配なく。入れてごらんなさい」

吉川精子に背中を押され、ぼくは真実の口へと右手を入れた。入れる時、いつも描いている猟奇的な絵がうかんだ。一瞬、手首から喰いち切られる恐怖が走った。

トリトーネの口のなかは生温かかった。ぼくはすぐに手を引き抜いた。

「少し青いわよ、顔の色」

吉川精子がからかうように言った。

若い三人連れがつぎつぎに手を入れた。引き抜く度に抱き合って喜んでいる。

里美がローマに来れたら……。他愛いなく声を発している彼女たちを見ながら、ぼくは里美を恋しくおもった。

案内している人たちが教会内を見ている間、吉川精子は煙草を喫っていた。そんな時の彼女はいつもの淋し気な表情にもどっている。もう真実の口に手を入れることを勧める気持にはなれなかった。

「また、お店の方へ行きます」

「待ってるわ」

吉川精子は観光客を引率してバスの方へと去っていった。ぼくは来た道を引き返した。パラティーノ橋へもどると、ジャニコロの丘の上に傾いた太陽が白く光っていた。

朝、ヘリコプターの音で目を覚した。空を見上げると大型のヘリコプターが二本の神殿の柱のような石材を吊り上げて飛んでいた。すぐにフェデリコ・フェリーニ監督の「甘い生活」の冒頭のシーンを思い出した。映画でのヘリコプターは巨大なキリスト像を吊り上げて飛んでいた。

「君、発見されたみたいよ、行方不明の女の子。アマルフィで保護されたんだって」

キッチンでミルクを沸かしていると膳所成一が新聞を握りしめて入って来た。日本から観光に来た若い女性が行方不明になったのは先月のことだった。そのことはずっとぼくの頭のなかにあった。

「よかったですね。無事だったんですね」

ぼくは沸き上ったミルクをティー・カップに入れた。

「まあね、両親も日本から来ていたというから目出たし、目出たしよね」

膳所成一はぼくの入れたカップのミルクを飲んで言った。

朝食はそんな話題で終えた。その後、彼がフィレンツェで受けてきた仕事の打ち合わせをした。日本の企業がフィレンツェにレストランを開くとのことで、そのマッチやメニューの絵を依頼されたのだ。

「フィレンツェでは日本レストランははじめてなのよ。メニューなんかにはお金が掛けられないなんて言ってたんだけど、そんなことじゃ駄目って言ってやったの」

依頼されたのはマッチ、メニュー、それに店内に掛ける日本の風景のイラストレーション数点だった。

「君、これきちんと仕上げたら彼女をローマに呼べるわよ、きっと」

膳所成一は意味有り気な笑みを見せた。

彼が出かけた後、仕事のラフスケッチにかかった。日本の風景は、資料として彼が書棚から写真集などを出してくれた。それはアメリカ人の撮った日本の写真だった。算盤を持った坊主頭の男の子が笑っている。寿司の入った皿を真上から撮ったもの。神殿の石畳を歩く白い衣装に赤い袴姿の巫女たち。外国人の視点はどこか違っている。

午後になって気温が上った。窓を開けると心地いい風が吹き込んでくる。新緑がまぶしかった。冷蔵庫から牛乳を出して飲み、プレイヤーにデイヴ・ブルーベックの「タイムアウト」をのせた。ローマで聴くポール・ディスモンドは気に入っていた。

「スリー・トゥ・ゲット・レディ」がはじまったところで電話が鳴った。

受話器を取ると膳所成一の少し声を枯らせたような声が入ってきた。彼のこんな声はめずらしい。

「君、大へんよ、例の事件。大事件になってんのよ。あの見つかった女の子、両手両脚切断されて発見されたんだって。もう頭おかしくなってるらしいわよ。胸にJAPANって刺青されててね。きっと逃げようとして捕ったのね。ひどいことするね。切り口に包帯巻かれてるんだけど、まだ血がこびりついてるらしいわ」

膳所成一の話を聞きながら、ぼくは飲んだ牛乳が逆流しそうになった。そして、その後の言葉はさらにショックだった。吉川精子が、この事件で警察に連行されたというのだ。

「どうして吉川さんが？」

「わかんないわね。いつか言ったでしょう。彼女はなんだか怪しいって。それに彼女、日本人客の観光ガイドもしてるでしょう。そのあたりのことで事情聴取受けたんじゃないの」

「関係ないとおもうんですけど」

「そうね。信じたいわね」

膳所成一とのやり取りが終った後、ぼくはまたデイヴ・ブルーベックを聴き直した。ボリュームをいっぱいに上げ、ソファに寝転んだ。

子供の頃、よく迷路という遊びをした。パズルの一種で入口と出口が決まっていて、道が複雑に入りくんでいる。見た目は簡単に抜け出れそうだが、一度おかしな方向に入ってしまうと頭のなかがこんぐらがってくる。

旅は迷路だ。ぼくはそんな気持になっていた。東京を出て、ニューヨーク、今、ヨーロッパを転々としてローマにいる。事件に巻き込まれた彼女にしてもそうだろう。ベルベリーニ広場のカフェでの彼女は楽しそうだった。どうして自分がそんな残虐な目に遭うなどとおもうだろか。迷路に入り込んだのだ。

ぼくは……。もしかしたら迷路にいるのかもしれない。旅は迷路であり、人生も迷路だ。だからといってぼくはどうすることもできなかった。流れるままにしているしかない。迷路遊びにしてもそうだった。迷えば迷うほど深みにはまり込んでいった。

夜、膳所成一に誘われてバーに行った。スペイン広場に面したコンドッティ通りの路地にある静かなバーだった。日本人女性誘拐事件でおそらくどこの日本レストランもその話題でいっぱいだろうと彼が避けたのだ。背の低い痩せた若いバーテンダーがいて、膳所成一は彼を気に入っているようだった。ぼくはビールを飲んだ。

「話に聞いているけど、ほんとにそんなことってあるんだね。肉を食べる人間は恐いよねえ。動物に刃を入れることをなんにもおもわないんだね」

膳所成一はいつになく真面目な、それでいて彼らしい言葉を口にした。ぼくには発見された女性の痛ましさはもちろんのことだが、警察に連行された吉川精子のことが気がかりだった。

「吉川さん、この事件に関係してるんでしょうか?」

「さあ、それはわからないね」

「取り調べきついんでしょうね?」

「まあ、でもこの国の男たちは女には比較的やさしいんじゃないの」

「わからないですね」

「うん、一番の疑いは、彼女が日本の若い女の子たちのガイドをよくやっていることでしょ。それに彼女、いろんな国をまわってきているみたいだし、その点のルートなんか訊かれるんじゃないの。でもね、いくら疑われたって証拠がない分にはね」

「恐いですね、旅っていうのも、一つ不運な道に入り込むと」

「そうね、それはなんだって言えることね。運の悪い人は、悪い方へ悪い方へと歩いて行くし、運の強い人は逆でしょう。残酷な言い方だけど、その発見された女の子、両手両脚を外国で切断されるために育ってきたのね。気の毒よねえ」

背の低い、まだ少年のような顔のバーテンダーが近づいてきて膳所成一に声を掛けた。

「ボォナ　セーラ　シニョーレ」

「ボォナ　セーラ」

二人の交わす挨拶が、なんとなく沈んだ気持を和げてくれる。

膳所成一は話題を変えてフィレンツェの日本レストランの話をした。うまく成功すれば日本のお金で三十万から五十万のお金が入るというのだ。ぼくは胸苦しい気分で彼の話を聞いた。里美とローマで会えるかもしれない。ぼくはいつになくグラスを傾けた。

「君には何か強い運のようなもの感じるのね。もちろん根拠はないんだけど、感じるんだね。これはわたしの勘かな」

膳所成一は酔った目で見つめた。

あまり占いなどは信じない方だ。そんなぼくが一度だけ占ってもらったことがある。まだD通広告にいた時の、運動会の模擬店に出ていた老人の手相占いだった。

「あなたには強い運があります。でも一つだけ、これは気をつけてくださいね。女難の相があります。ああ、もう一つ、あなたは近いうちに外国に行くかもしれません」

老占い師はそんなことを言った。職場の先輩にそのことを話したら笑われた。特に大笑いされたのは女難の相があるということだった。


五日ほどたって吉川精子は警察から解放されたという知らせを聞いた。

彼女から電話があったのは、朝から地雨の降る肌寒い日だった。テルミニ駅近くでランチを取ることにした。雨のなかをテヴェレ河に架るシスト橋まで歩きテルミニ駅行きのバスに乗った。バスはヴェネツィア広場からフォーリー・インペリアーリ通りを直進し、コロッセオを左折、テルミニ駅へと走った。あちこちでローマの遺跡が雨に濡れて佇んでいた。

二人でスパゲティを食べてワインを飲んだ。

「よかったですね」

「大丈夫よ」

それだけ言ってからしばらく無言でスパゲティを食べた。客たちのイタリア語と皿をすべるフォークの音だけが聞えてくる。

「わたし、ローマを出ようとおもってるの」

突然吉川精子がフォークを止めて言った。

「帰るんですか、日本に」

「ううん、そうじゃないんだけど」

「じゃ、ミラノとか？」

「そうじゃなくて」

「またスペインに？」

「今はね、スイスにとおもってるの」

「スイス？」

「スイスからベトナムに入ろうかなって」

「ベトナム？」

ぼくはすぐに香川良介のことを思い出していた。その後まったく音信が無い。

「あの事件で、みんなわたしを疑ってるみたいで、お店の人なんかもね。それで、もうローマなんて嫌だなとおもって」

ぼくはすぐに彼女への返事が出なかった。

「おかしいのよ。あんな若い子が。金持ちのお嬢さんが。ひょいひょいと外国旅行なんかに出て来れる日本って国が。こういうことがあって、むしろ薬よ。一生を台無しにした彼女は気の毒だけど、こういうこともあるんだって、わかった方が、金持ちの親たちにとってもね」

「金持ちって言っても、吉川さんだって」

「そんなことないわ。わたしは貧しい教師の娘だもん」

吉川精子が淋し気に笑った。彼女の実家は埼玉県の本庄にあり、父親は高校の国語の教師だと話した。

「香川はどうしてるんだろうね？」

「会いたいわね」

グラスワインを一杯ずつおかわりしてレストランを出た。雨のテルミニ駅前で彼女と別れ、バスに乗った。バスはジェニコロの丘に向って雨のローマを走り抜けていった。


（未完）

この物語はフィクションであり、実在の人物・団体・事件とは一切関係ありません。

ぼくの宝もの

マルセイユ港からフランス海軍の要塞島へ

マルセイユ港から船に乗ってシャトー・ディフとして知られるイフ島に向かったのは昼すぎだった。

イフ島は、あのアレクサンドル・デュマの『巌窟王』（『モンテ・クリスト伯』）の舞台になった島で、実際にはシャトー・ディフはマルセイユ港を守る要塞として築かれ、一時は牢獄としても使用されていたらしい。

この島には訪れてみたいとずっとおもっていた。ところがぼくの乗った船はシャトー・ディフを左に、どんどん離れていってしまったのだ。これはとんでもない船に乗ってしまったとおもった。

船はまったく知らない小島に錨を下ろし、ぼくは他の乗客といっしょに降ろされた。乗客たちはあちこちに散って行き、ぼくは一人ぼっちになった。あたりを見わたすと、小高い丘があって、頂上に廃墟のような古城があるので登ってみることにした。

頂上はとても眺めのいい場所だった。ぼくはさっそくビデオカメラで周囲を撮影しはじめたのだが、なんと突然一匹のシェパードが現れぼくを威嚇したのだ。世界的な犬恐症であるぼくは一瞬

にして人世を捨てた。

硬直していると、ピューと口笛が鳴って三人の青い軍服の兵士がやってきて、一人が英語で話しかけた。どうやら島はフランス海軍の要塞になっており、関係者以外が勝手に撮影したりしてはいけないらしい。ぼくもこの島に来てしまった理由を告げた。笑われてしまった。

来た道をもどり、船着き場へと出た。人影はまったくなく、それでも小さな釣具屋が一軒あった。入ってみるとちょっとした土産ものもあり、ぼくを喜ばせたのは見たこともないマトリョーシカ人形だった。どれを買おうかと迷っているうち漁船がやってきて、ぼくは慌てて三つのマトリョーシカ人形を買いなんとかその漁船でマルセイユ港へと辿り着いた。人形は今でも大切にしている。

フォークアート遍歴はアトランタからはじまった

はじめてアトランタへ旅したのは一九九五年のことで、アトランタ市街は翌年に控えた第二六回オリンピックの準備に追われていた。仕事での旅だったが、ぼくは合い間をぬってあちこちを観光した。コカコーラ博物館ともいえるワールド・オブ・コカコーラ、アトランタ歴史博物館、ストーン・マウンテン・パーク（花崗岩の山肌にジェファーソン・デイビス南部同盟総司令官、ロバート・E・リー将軍、トーマス・〝ストーンウォール〟ジャクソン将軍といった南部同盟の英雄の像がレリーフになっている）などだ。

ワールド・オブ・コカコーラに行ったときのことだ。入口を入ると大きくコカコーラのボトルの形に切った板にふしぎな絵が描かれていた。ぼくは一瞬にして引き込まれた。

「こういうの、好きですか」

いっしょにいたN氏が声をかけてきた。

「好きなんですよ。こういった絵が」

「この人の絵のたくさん置いてあるギャラリーがあるんで、これから行きましょうか」

アメリカにはフォークアートという絵の分野がある。絵の素養はないのだが、彼らの描く絵には独特の味わいがあり、たいていの画家たちはある程度の仕事を退職した後に絵筆を握っている。有

名な一人に一〇一歳まで描きつづけたグランドマア・モーゼスがいる。モーゼスは七〇歳から描きはじめたというが、彼女に限らず高齢で絵をはじめた人が多い。

ギャラリーはピーチツリー・ストリート（アトランタのシンボルはピーチ）にあって画家の名前はハワード・フィンスターといった。一九一六年にアラバマ州に生まれ、四〇年間牧師の仕事をしていたという。

ぼくのフォークアートに対する興味は一気にふくらんでいった。フォークアートの本を作ろうとその時点で決心したのだ。

帰国後数か月してぼくはまたアトランタを訪ね、ハワード・フィンスター氏他七名のアーチストに会うことになった。はじめてのアトランタへの旅がフォークアート遍歴の出発点だった。

ナイアガラの滝で買ったイヌイットの壁掛け

一度だけ兄と海外旅行をしたことがある。

兄はぼくの一五歳歳上で、建築家だった。ついでに書けば五人も姉のいるぼくにとってたった一人の男きょうだいだった。

兄との旅はなかなか豪華なもので、ハワイからはじまり、ロサンゼルス、フロリダ、ワシントン

DC、そしてニューヨークとまわったのだ。費用もすべて兄持ちだった。

「ナイアガラの滝を見たことあるか？」

ぼくはニューヨークで暮らしていたことはあるが、ナイアガラの滝へは行ったことがなかった。さっそくバァッファローまで飛ぶことになった。

バァッファローではタクシーをチャーターし、ナイアガラの滝へ向かい、レインボー橋を渡りカナダへと入った。ぼくはカナダへ入ったのはこの時がはじめてだった。

二人で滝を見て土産物店へ入った。

ぼんやり店内の土産物を見ていると、一枚の壁掛けに目が止まった。紺色のダッフル地の上に毛皮でなめした絵がアップリケのように細工されている。絵柄はカヌーに集ったイヌイットがカリブーを狩りしているものだった。

「買ってやろうか」

壁掛けをじっと見ていると兄が言った。ぼくは頷いた。

イヌイットたちの暮している極北の地は一年の三分の二がほとんど太陽の昇らない冬と夜の季節だという。女性たちは狩りに出た男たちを待ちながら毛皮をなめし、家族のための防寒着を一針一針縫っているという話を何かの本で読んだことがあった。壁掛けは、彼女たちのそんな余技から生まれたものだった。以後ぼくはイヌイットの壁掛けに注目するようになった。型といい、針さばきといい、なんともいえない味わいがあった。

イヌイットの壁掛けは、今、ぼくの部屋に置かれている。見る度に兄といっしょに見たナイアガラの滝がうかんでくる。この旅が兄との最後の旅になった。

映画「第三の男」に登場したプラーターの大観覧車

ドイツでのＴＶの仕事の終わった後、ぼくはスタッフと別れ、一人ザルツブルクを経てウィーンに入った。オーストリアははじめての国だった。

まだ若かった頃、ニューヨークからの帰り、ほとんどのヨーロッパの国々を旅して帰ったのだが、何故かオーストリアだけは寄らなかったのだ。特別に理由はなく、たぶん忘れたのだろう。

ウィーンに入ってすぐにおもったのは、キャロル・リード監督の「第三の男」だった。この映画は第二次大戦直後、米英仏ソ四国の共同占領下にあったウィーンが舞台になっている。

国立オペラ座近くのホテルにチェック・インした後、すでに夕刻なのに夏時間でまだ明るいケルントナー通りを散歩した。音楽の都と言われるだけあって、ジャズを演奏するグループ、ヴァイオリンを弾く人と、さまざまな大道芸人たちに目を投じながらシュテファン寺院まで歩くと、一軒の土産店のウィンドーに観覧車の入ったスノードームを見つけ歓喜した。スノードームはぼくのコレクションの一つで、掌にのるほどのガラスのドー

プラーターの大観覧車の最高点は地上より64.75mだ
WIEN PRATER

ムのなかに、観光地の名所などの風景が入っている。手にして振ると雪が舞う仕組みになっており、これがスノードームの名前の由来だろう。

スノードームの観覧車は映画「第三の男」に登場するプラーターの大観覧車だった。

映画のなかで、アメリカからやって来た大衆小説家ホリー（ジョセフ・コットン）と、彼の親友で、すでに悪の道に足を踏み入れているハリー（オーソン・ウェルズ）が話し合う有名なシーンは、このプラーターの大観覧車のなかだった。

「ボルジア家の圧制はルネサンスを生んだ。しかしスイスの五百年の平和は何を生んだか？　鳩時計だ」

自分のものとなったスノードームを手に、ハリーの有名な捨て台詞をおもった。

サウス・ストリート・シーポートのペンギン

ぼくが暮らしていた一九六九年から七〇年あたりのロウア・マンハッタンの東側には古い建物が多かった。現存するニューヨーク最古の建物セント・ポール教会（一八世紀）、シティ・ホール（一九世紀）、ウールワースビル（二〇世紀）、などがよく知られている。

ワーキング・ビザが取れなくて、たびたび呼び出されて行った移民局もロウア・マンハッタンにあった。近くにフルトンの魚市場があり、よくそのあたりまで歩いたこともあった。

五年ほど前、仕事でニューヨークへ行ったとき、ダウンタウンを一人で歩いていてふとフルトンの魚市場の方へ行ってみようという気分になった。そんなぼくの前に忽然と現れたのがサウス・ストリート・シーポートだった。

――こんなものがいつできたのだ。

多分観光用であろう、巨大な帆船を前に呟いてしまった。

一九世紀、多くの船が停泊していたサウス・ストリート・シーポートは、帆船時代の終りとともにさびれてしまっていたらしいが、今は観光スポットとしてマンハッタンでも人気のエリアになっ

ていたのだった。博物館もあり、レストラン、工芸品を揃えた店などがあって、土産店好きなぼくにとっては実に楽しい場所だった。

　土産店を覗きながらぶらぶら歩いていると、ペンギンの置き物ばかり揃えた店があったので入ってみた。実は知人にペンギン・コレクターがおり、土産にとおもったのだ。

　世のなかにはペンギン好きが意外と多い。ぼくもいくつかはペンギン・グッズは持っているが、コレクターというほどではない。それで、そのペンギンの店で気になって購入したのがこれ（イラストレーション参照）だった。何というのだろうか、後で気がついたことだが、これはお風呂で身体を洗うのに使うらしい。ぼくはこのペンギンで身体を洗わず、机上に置いていつも睨めっこをしている。敗けるのはいつもぼくの方なのが悔しい。

ケーブルカーのソルト・エンド・ペッパー

二〇〇〇年の三月、はじめてサンフランシスコへ行った。アメリカの西海岸は、シアトルやロサンゼルスと、今まで何度と出かけているが、ふしぎとサンフランシスコへ寄る機会を得なかった。こうなるとおもいは募るもので、ぼくはむしょうにサンフランシスコに憧れた。

サンフランシスコという街は、映画にもよく登

場する。有名な映画はいろいろあるが、印象的なのはピーター・イェーツ監督の『ブリット』だ。スティーブ・マックィーン扮する刑事ブリットが、あのサンフランシスコの急傾斜の坂道で壮絶なカーチェイスを演じてみせる。カー・アクションの走りとなった映画だった。

サンフランシスコは、一七七六年にスペイン軍が砦を築いた頃からヨーロッパ人が定住するようになった。この砦に、聖フランシスコにちなんでその名が付けられたことが地名の由来になっている。

ぼくはユニオン・スクエア近くの古いホテルに宿を取り、翌日からさっそく観光をはじめた。外国の都市に入ったら、その土地のまず一番知られているところから観光をはじめるのがぼくのやり方だ。まずはケーブルカーでフィッシャーマンズ・ワーフに出かけることにした。

人気のケーブルカーは人がいっぱいで三〇分ほど待ってから乗った。走り出すとつぎつぎに急な坂が現れる。そんな坂を上ったり下ったりしてケーブルカーは進む。傾斜はおもった以上に急だった。

フィッシャーマンズ・ワーフは、土産店好きなぼくにはたまらない場所だった。一軒一軒覗いて歩いた。気に入って買ったのがケーブルカーのソルト・エンド・ペッパー、つまり塩や胡椒の入れ物だ。これはアメリカではコレクターがいるほどさまざまな種類がある。

疲れたので海辺のベンチでホットドッグを食べた。前方にこれも映画等で有名なアルカトラズ島、左の遠くにゴールデン・ゲート・ブリッジが霞んで見えた。

キーウエストのジョーズのブックマーク

仕事でアメリカの南部を旅した後、フロリダの先っぽにあるキーウエストで遊んだ。

キーウエストといったら、サンゴの島を貫く一直線の道、セヴン・マイルズ・ブリッジを渡っていくのが正しい入り方だとおもうが、残念ながらぼくはアトランタから飛行機を使い、オーランドで乗り換えてキーウエストに入った。

ここは以前から行ってみたいとおもっていたところで、アメリカは最南端にあり常夏の島である。その最南端の場所には記念のマーカーが立っている。

たったの三日間だったけれど、海で泳いだり、ヘミングウェイの家を見学してそれなりに観光気分を味わった。『誰がために鐘は鳴る』や『キリマンジャロの雪』、『老人と海』、『海流のなかの島々』などで有名なヘミングウェイは著作の七割をこの家で書いているのだという。またヘミングウェイが愛した「スロッピー・ジョーズ」というバーがあって、そこにも出かけてみた。カウンターでビールを飲んだのだが、バーは人でいっぱいだった。ヘミングウェイはやはり人気者なのだと改めておもった。

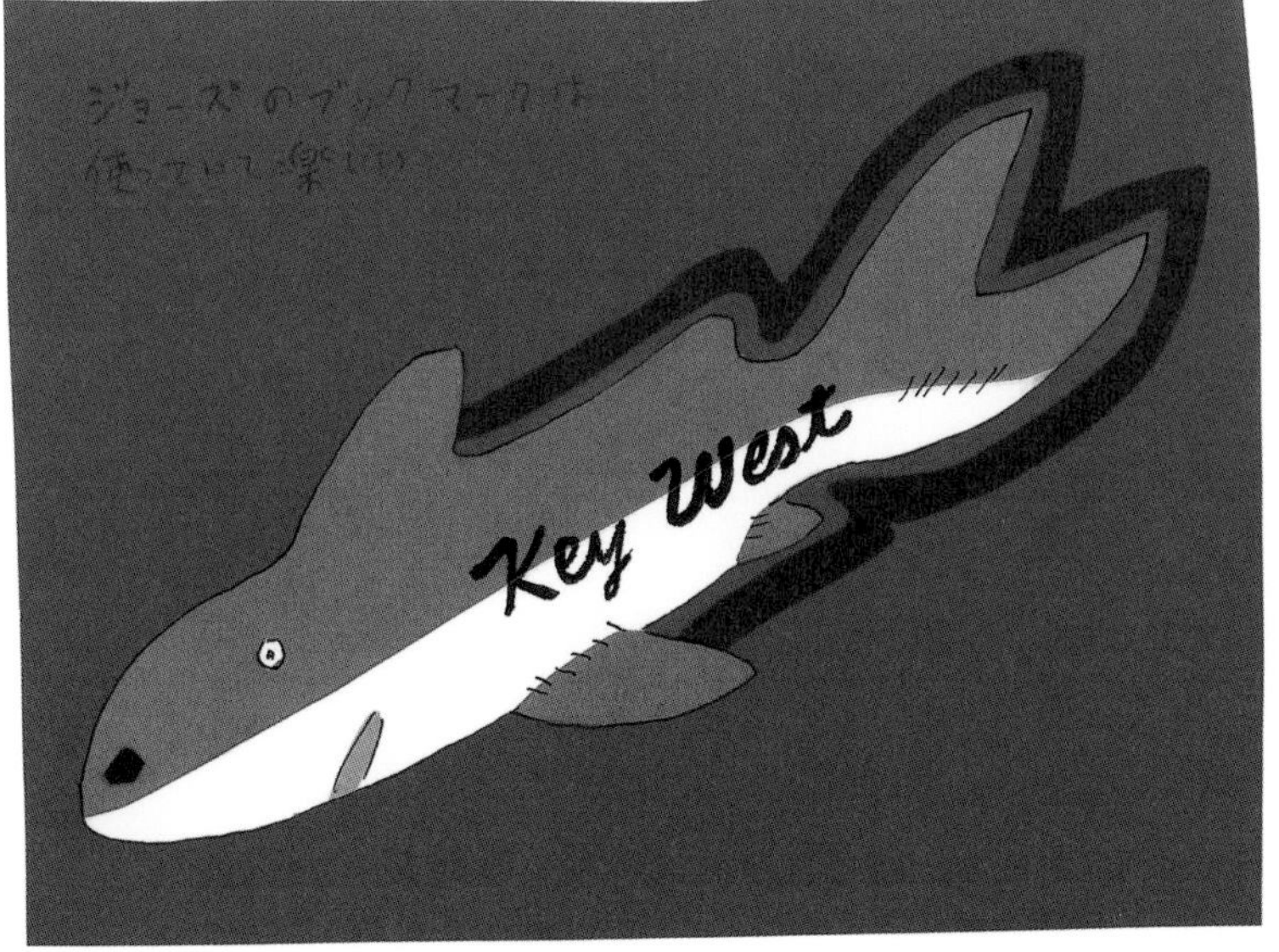
ジョーズのブックマークは
使っていて楽しい
Key West

キーウエストにはさまざまな観光スポットがあるのだが、ここで一番の呼びものはサンセットだという。夕日が落ちる頃になると、みんな海辺へ集まってきて、大道芸人までくり出してくる賑わいだった。なるほど、雄大なサンセットを見ることができた。

さて、スピルバーグ監督の『ジョーズ』の舞台は、ニューヨークに近い大西洋に面したロングアイランドのアミティービルだが、ぼくがキーウエストの土産店で見つけたのはジョーズのブックマークだ。日本でいう栞なのだが、しっかりとできていて読書の時ばかりでなく、原稿を書く時にも使うことができる。ジョーズの顔もいいし、胴体に書かれたキーウエストの文字もいい。泳いだけれど、こんなのに出合わなくてよかったとおもっている。

テオティワカンのボーン・ダンサー

　メキシコへ行ったのは一〇年ほど前の九月だった。ロサンゼルスで友人と会い、三日ほどすごした後メキシコシティの表玄関ベニート・ファレス空港へと飛んだ。昼間でよく晴れていたので、万年雪を頭にのせたメキシコの二大連山、ポポカテペトルとイスタシワトルが見えうれしかった。

　タクシーで市内のホテルへと入って、小一時間ほどベッドの上に倒れていた。来てみたいとおもいながら、どうも遠いといった気持があって足踏みしていた国だった。

　はじめての国に入ったら、とりあえずまず知っている有名なところへ行くのがぼくの外国旅行の決まりだった。ロビーに降り、テオティワカンへのバスツアーを申し込んだ。

　翌日はよく晴れていたけれど、途中から凄い雨になった。メキシコの九月はまだ雨期だったのだ。郊外に出ると道もひどくなって、ぬかるみに入ると泥水がバスの窓まで飛んできた。

　テオティワカンへは昼すぎに着いた。ここはメキシコ中央高原最大の古代都市遺跡として世界的に知られている。紀元前、二、三世紀に起源し、紀元前後にほぼ完成を見ている。テオティワカンにはアステカ族の言葉で「神の都」の意味があるのだという。

ピラミッドには色とりどりの傘が動いていた。それは高原いっぱいに傘を立てたり、建物を梱包したりするアーティスト、クリストの作品のようだった。

土産店に入ると、メキシコ特有の極彩色の人形などが並んでいた。どういうわけか髑髏の顔をした人形が多い。死神はこの国では魔除けにでもなるのだろうか。ぼくはピンクの帽子をかぶった髑髏人形を買った。ボーン・ダンサーとでも呼ぶのか、なんともユーモラスな人形だった。

ホテルにもどり、机の上に立てるとボーン・ダンサーは前後に首を振った。首と胴体が針金で結ばれている。おもわず笑ってしまった。

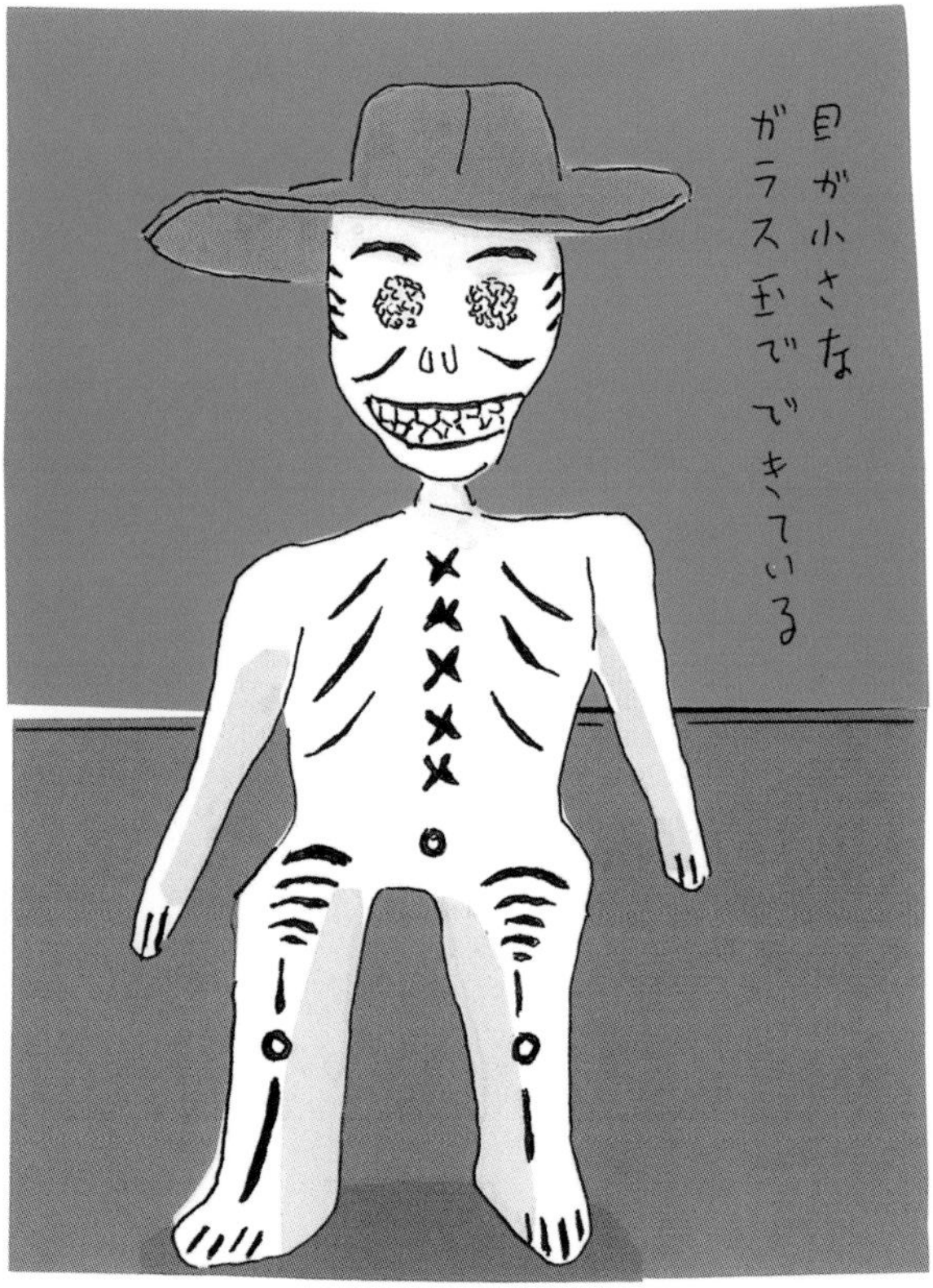

ロブスターの爪のクルミ割り

ボストンという街に興味を持ったのは、マサチューセッツ工科大学への留学を考えはじめた頃だった。マサチューセッツ工科大学はボストンのチャールズ川の対岸ケンブリッジにあって、近くには名門のハーバード大学もある。ここがケンブリッジと呼ばれるのは、マサチューセッツの建設

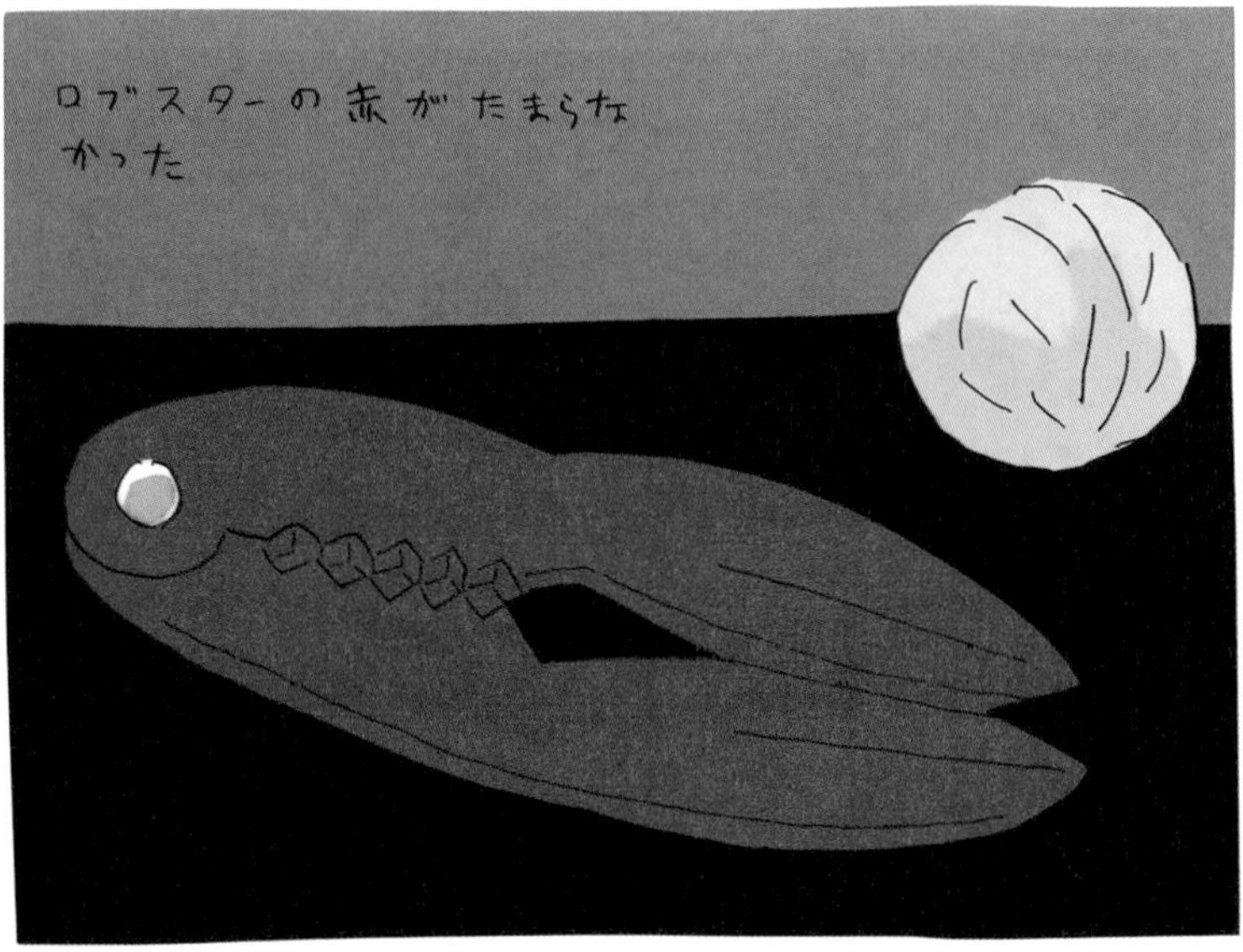

のリーダーだったジョン・ウインスロップをはじめ、多くのケンブリッジ大学出身者がこの地に来たことからだという。

マサチューセッツ工科大学留学の夢は挫折するのだが、ぼくのなかではいつかボストンへという気持はずっと燃えつづけていた。

そんなぼくが、はじめてボストンへ行ったのは八年ほど前のことだった。マサチューセッツの州都であるボストンは、アメリカの独立戦争のきっかけになったボストン茶会事件（説明すると長くなるのであしからず）の発端の地であり、二〇〇年の歴史の刻まれている古都である。

チャールズ川には白いセールのヨットがうかび（ここではセールは白と決められているようだ）、古い通りも多く、歩いているだけで充分に楽しめる街だった。

ボストンでの三日目の夜、ディナーで出かけたのがボストン港に面したコロニアルスタイルのシーフードレストラン「アンソニーズ・ピア・フォー」だった。壁には来店した著名人の写真が額入りで飾られていた。ジョン・F・ケネディ大統領もここの常連だったらしい。ここではボストン港の夜景を眺めながらロブスターをたっぷりと味わった。

レストランを出てから、近くの土産店を覗いて歩いた。ふと目について購入したのがロブスターの爪を形どったクルミ割りだった。赤の色がきれいだとおもった。いくつか買って友人たちへの土産にもした。

ちなみにマサチューセッツ工科大学へ立ち寄った際、MITの文字の入った霜降りのスウェットも購入したことをつけ加えておきたい。

おもちゃカボチャのマラカス

ニューオリンズは、ジャズと酒の好きな人にとっては何日いても飽きない街だろう。と、いうのがぼくの意見だが、実はそうおもっているぼくも、ジャズと酒は大好きで、ニューオリンズにはすっかりはまってしまった一人なのである。

ついでというわけではないが、ここはアメリカにしては料理も美味く、この土地特有の、クレオール料理やケイジャン料理は時々思い出したように食べたくなる。

ニューオリンズはジャズ発祥の地といわれているだけに、音楽ファンにはたまらない楽器店が多い。ぼくは楽器は何一つできない（尺八をのぞいて）が、楽器そのものが好きで、国内でも立ち寄ったりすることが多い。ニューオリンズでも数店の楽器店に入ったのだが、そこで見つけたのが、このマラカスだ。これは「おもちゃカボチャ」を模しているらしいが、これが「おもちゃカボチャ」だと知ったのは日本に帰ってからで、はじめは「ヒョウタン」の一種かとおもい、食材図鑑で調べたところ「おもちゃカボチャ」となっていた。

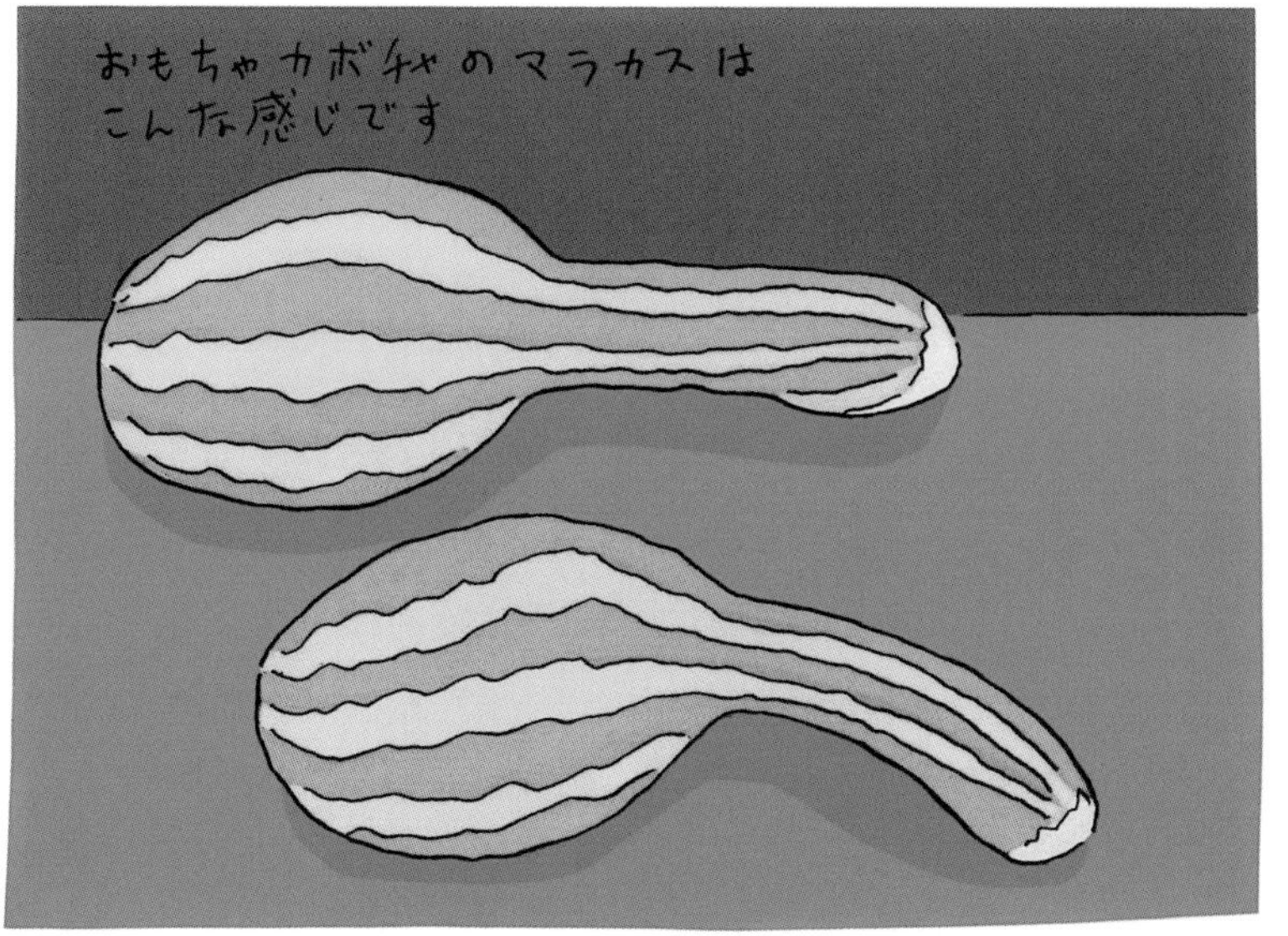
おもちゃカボチャのマラカスは
こんな感じです

友人たちの土産に大量に買い入れたのだが今はこのセット一組になってしまった。

普段マラカスを振ることなどはほとんどないのだが、この「おもちゃカボチャ」のマラカスを見ていると、そこにラテンのリズムなどが流れてくると何となく振ってみたくなる。

マラカスは手首で振ってはいけないと教えてくれたのは、大学時代のデザインの教授だった。この教授はラテン音楽に造詣が深く、ニューオリンズにも何度か出かけている。一度さそわれたことがあったが、仕事の都合がつかず、同行できなかった。はじめて行ったのは三年前だった。いつもニューオリンズの話をしていた教授と旅行話をしたいとおもっていた矢先、教授が病気で倒れてしまいそのままになっている。そういえば、教授にも同じマラカスを送ったことを思い出した。

オン・ザ・ロード——on the road

アメリカン・ジャーニー

——映画、フォークアート、そして懐かしい風景

［1994年—2000年］

USA

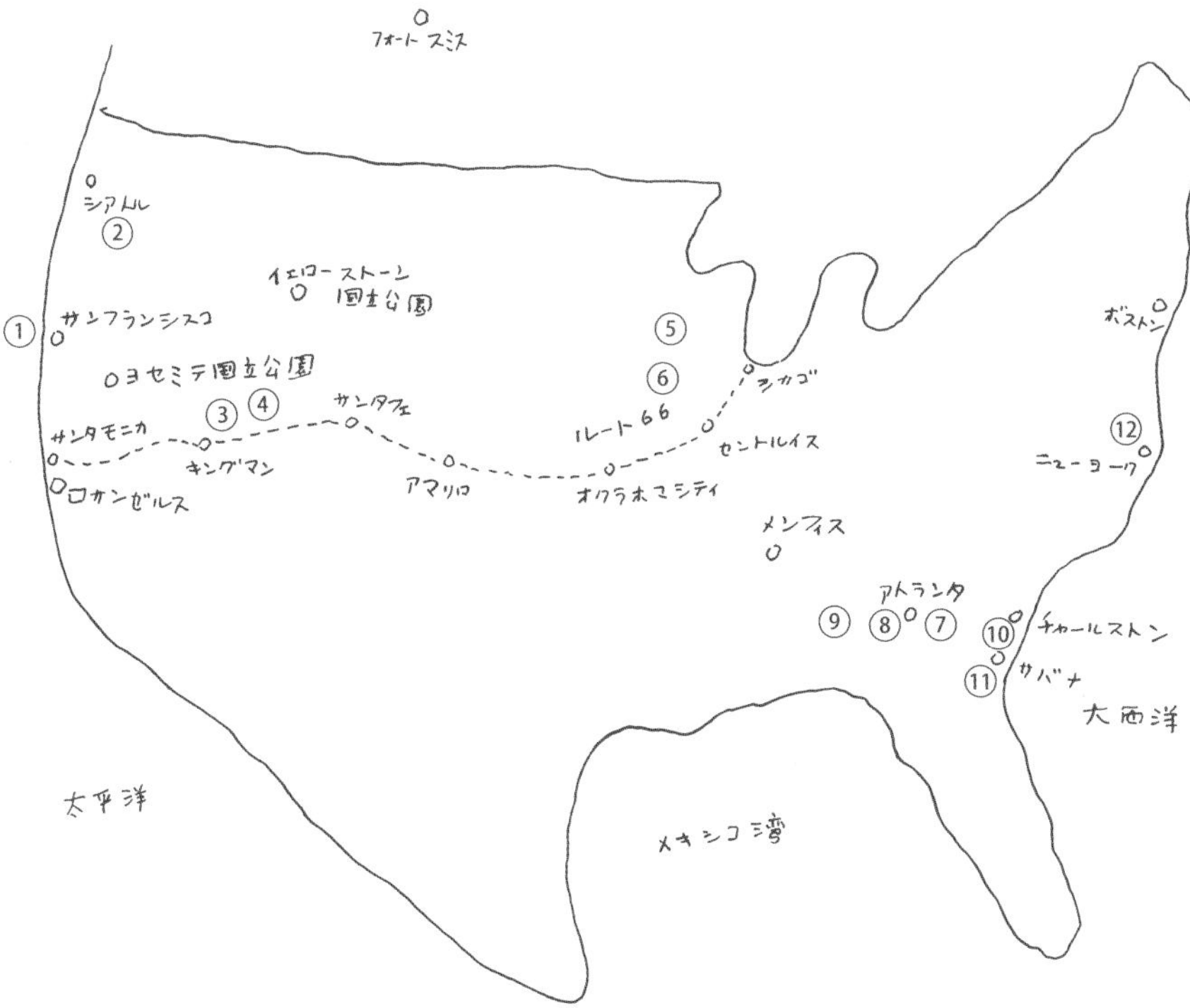

サバナへはアトランタから車で出発した。途中の町でランチを食べ、通りを散歩した。

小さなアンティクの店に入った。ガラクタばかりの店だったが、隅の方に板切れに描かれたレモンの絵があって、おもわず買ってしまった。2ドルだった。レモンの絵は大人が描いたのか子供が描いたのかわからなかったが、どう見ても上手とはおもえなかった。ぼくは案外こういう絵が好きだ。レモンの絵にはアメリカのフォークアートに通ずる魅力があった。

絵の魅力は上手い下手ではない。描いた人にしか出せない味が大切だ。板切れに描かれたレモンの絵を見ていると、無性に絵を描きたい気分にそそられた。

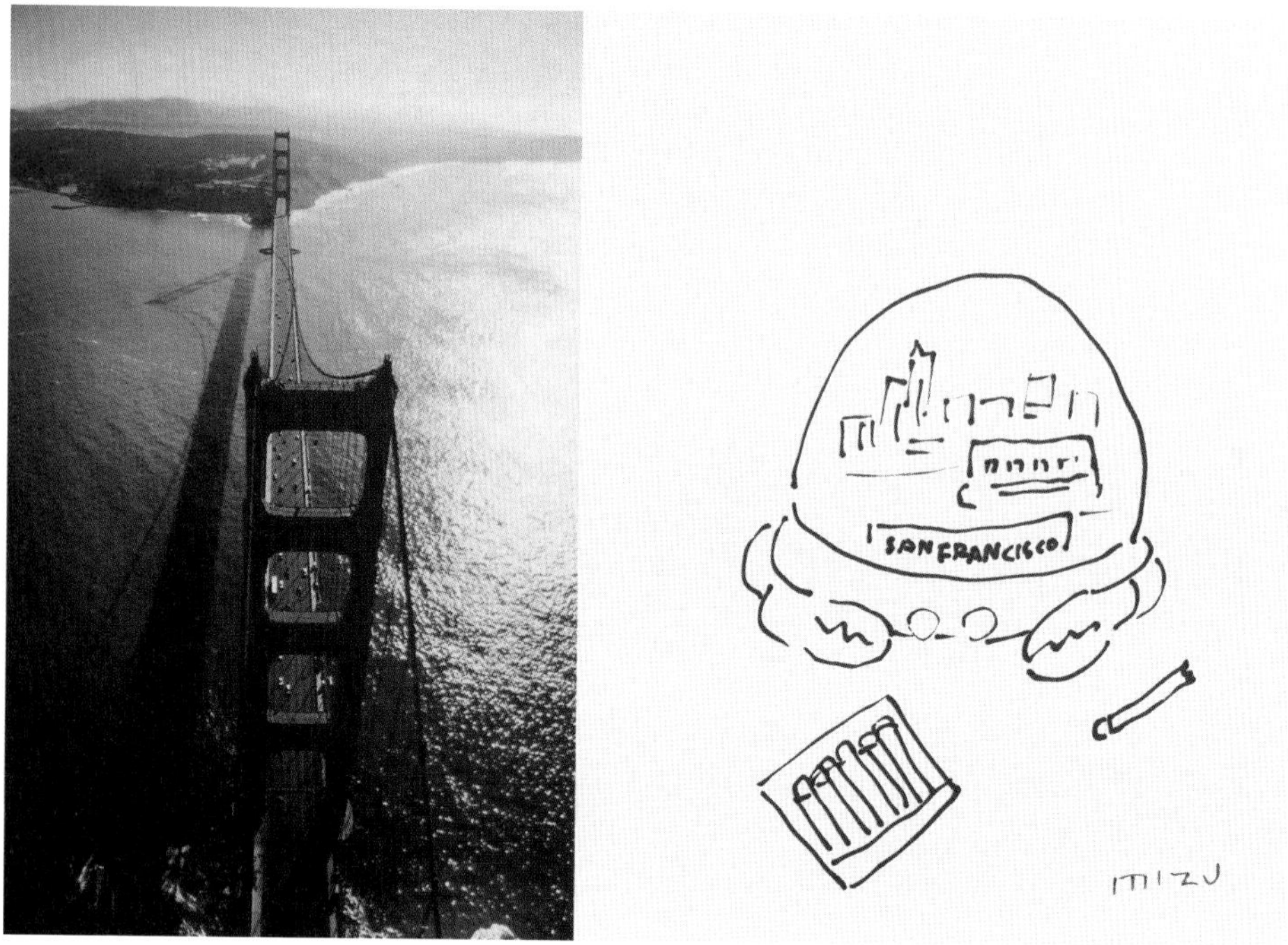

①憧れのサンフランシスコ

「お土産はスノードームがちょうど良い」

② シアトル　マウント・レニエ

③ ヒストリック・ルート66

④ アリゾナ　ナバホ

⑤ フィールド・オブ・ドリームス

「ここで生まれていたら
どんな人生を送ったのだろうか？」

⑥アイオワ　マディソン郡

か描けないコップになるとか、そういうこと」

⑦ ジョージア　アトランタ

「個性は、コップひとつ描いたら、その人にし

⑧ サンセット・イブニング

「アメリカンフォークアートのなかでも、
片田舎にいる全く無名の人が描いた
絵がとてもいいんだ」

⑨ アラバマのジミー・サダス

⑩ チャールストンの海辺

⑪ サバナのホワイトソックス

⑫ ニューヨーク・ニューヨーク

「キングコングは都会が似合う」

タヒチ——ゴーギャンを辿って

TAHITI

［2004年］

タヒチという島の名前を知ったのは、小学校五年生の図画の時間だった。画材がクレヨンから水彩絵具に変わった日で、教師は一例として一人の画家の名前を口にした。

タヒチという島は、その画家の話のなかに出てきたのだ。画家の名はポール・ゴーギャン。ちょっと強引なというか、押しつけがましい名前だなとおもった。当時漫画などを描いて遊んでいたぼくにとって、悪役の方に属する名前ではあったが、黄色を多用するこの画家の絵は妙に頭から離れなかった。ぼくは黄色が好きだった。

朝、六時に起きる。よく晴れていて、部屋のベランダから青い海をとおしてモーレア島が見えた。おそらくかつてはゴーギャンも眺めたであろうモーレア島の山々は古城のように聳えていた。

バリッハイ山の
遠望

ヒバ・オア島のハーバー

部屋はすべてコテージになっていてぼくは七号室だった。眼下にハーバーが見えた。二度目にタヒチに渡ったゴーギャンは一九〇一年にタヒチ島からこのヒバ・オア島に移ったのだが、彼を乗せた船もこのハーバーに錨を下したのだろう。

mizu

mizu

アツオナの中心地から近い、小高い丘にあるゴーギャンの墓参りをした。赤い石を使った墓の前に濃いグレーの自然石が置かれ、そこには「PAUL GAUGUIN 1903」と書いてあって、左手うしろには彼の彫刻、「オヴィリ」が建っていた。

あとがき

水平線上に続く旅の「日常」

中上紀（作家）

安西水丸氏の絵を前にすると、「憧れ」という言葉が浮かんでくる。子供の頃から、雑誌や絵本やポスター等で、水丸先生（こうお呼びすることが許されるなら）の絵を目にしながら育ってきた。シンプルで優しい絵が好きだった。もっとも、私は水丸先生のお名前を大人になるまで存じ上げなかったのだが、絵はずっと知っていた。繊細にして力強い輪郭線が、鮮やかな色合いと共に、描かれたモチーフを軽やかに語り上げているのが、なんだかゾクゾクさせた。身近な果物一つとっても、子供の私の知りえない、洗練された素敵な言葉が、ぎゅっと詰まっているようだった。それはあたかも、未知なる旅をしているかのような感覚であった。

二〇二四年の今年は水丸先生がお亡くなりになってから十年だ。本書の中心である『1フランの月』は、その節目の年を記念して発表される、未完の小説である。また、本作は一九九〇年に刊行された『手のひらのトークン』の続編にもなる。

読みながら、これは水丸先生が絵を描く際に一番最初に決めるという「水平線」だ、と思った。一本の線のように、旅は繋がっている。舞台は一九七一年のヨーロッパである。それは私が生まれた年でもある。何の関係もないが、同時に、物語の一読者として、大いに繋がっているはずだ、と思う。線の上に、子供時代を過ごした七十年代と八十年代前半、ロサンゼルスに住んだ八十年代後半から九十年代前半、ハワイに住み、大人になった九十年代後半と、続いていく。記憶と共に、たくさんの言葉たちが、絵から飛び出し、宙を舞い、世界を闊歩し、やがて、「今」という新しい物語を織りなしていく。

パリからリスボンへ向かう飛行機の中で、多分に安西水丸氏ご自身と思しき「ぼく」が思い出している映画のシーンに、『1フランの月』は始まる。行間からあふれてくる、湖面のようにゆったりと穏やかな言葉の数々が心地よく、幸せな旅のスタートを予感させる。「ぼく」は、二年暮したニューヨークを引き上げて、日本に戻る途中にヨーロッパを旅している最中だった。ロンドンを経てパリを訪れ、リスボン、マドリード、アテネ、ローマ……。飛行機は各都市の空港に着き、そこから「ぼく」はまた別の町を訪れ、あるいは留まりながら日常を送る。

「ぼく」にとっての旅は、連続した非日常ではない。パッケージされた観光旅行では絶対に出会えない何かだし、バックパッカーの貧乏旅行とも程遠い。それは言わば、ちょっと、いやかなり大掛かりな「寄り道」だった。本来なら、ケネディ空港と羽田（当時成田空港はなかった）のフライトの十数時間内におさまるべき時間を、数日にも数十日にも伸ばしただけのことなのだ。寄り道は、普段とは異なる道を通るが、されどあくまで日常の一部である。

実は、私も自身のデビュー作『彼女のプレンカ』に日本に帰国する時の「寄り道」の形を取ってハワイからタイ北部に行く旅について書いたことがある。もっとも、形は寄り道であっても、その女性の旅はまるで夢であったかのような「非日常」だった。「ここ」ではない「どこか」に身を置くことが、私にとっての旅であった。「ここ」と「どこか」の間にある境界線のことを、書きたいと思って書いた小説だし、いまでもその気持ちは変わらない。

「ぼく」の旅の出発点はニューヨークだった。「D通」で働いていたのを辞めてニューヨークに行ったことは『手のひらのトークン』に詳しいが、その二年間は、リバーサイド・パークを散歩し、トークンをポケットに入れてバスに乗り、マンハッタンを歩き回る毎日だった。最初は一人で。恋人がのちに渡米してからは二人で。実際に水丸氏はニューヨークのデザイン・スタジオで働いていたが、恋人と喧嘩したり、ヒッピーたちともめ事を起こしそうになったりしながら、まだ二十代の「日常」を営んだこれらの話は、九十パーセント本当のことであると氏は「あとがき」に書かれている。氏が書かれたのは「ここ」と「どこか」の境界ではなく、「どこか」でもなく、「ここ」そのものである。それゆえに、〈何度行ってももうこの本のようなニューヨークはどこにもない〉と氏は綴る。

たしかに、ニューヨークは訪れるたびに違う顔を見せるところだが、一貫して、大いに刺激的な特別な町であることには変わりない。

父の中上健次は一九六五年、十八歳で故郷の新宮を飛び出して東京に出てきたが、一九七七年にはじめてニューヨークに行ったとき、「最初からここでもよかった」と、思ったという。何かが一つ違っただけで、私の生まれ育つ町がニューヨークだった可能性もゼロではなかったと思うと、奇妙な気がする。健次はその後、一九八六年前後の一年ほど、ニューヨークにコロンビア大学の客員教授として滞在する機会があった。一時帰国した際、中学最後の夏休みを楽しんでいた私に、二つの選択肢を提示した。「お前、高校からアメリカだから準備しろ。東海岸のアパートと西海岸の寮、どっちがいいか？」普通に中学、高校を出て大学に進学し、就職、という考えは、わが家にはおそらくないのだろうということは、薄々気づいていた。せめて、何かと口やかましい父との二人暮らしだけは避けたいと思った私は即答した。西海岸の寮で、と。

ロサンゼルスから、父に会いにニューヨークを訪れる機会はなかった。その五年後に父が他界し、私は大人になってから二度ほど自分でニューヨークへ行った。作家になってからは父が何を考えていたのかが知りたくて、その影ばかり追いかけてマンハッタンを歩き回った。中三の夏、東海岸を選んでいたらどうなっていたのだろう、と今でも思う。選択の機会はそれだけではない。フランスについても、似たようなことがあった。

『1フランの月』の冒頭では、パリでのことが印象的に描かれている。パリを発った飛行機の中で「ぼく」は、ある映画の主人公がパリに辿り着き、エッフェル塔を見て感動するシーンを、数日前に自身がはじめてエッフェル塔に出会った時の体験に重ね合わせている。

〈それは灰色の空の下で、黒い網タイツをはいた女の脚のようだった。——エッフェル塔だ。ついにパリに来たんだ——〉（『1フランの月』）

健次がパリに断続的に滞在していたのは一九八九年から一九九一年頃だったか。エッフェル塔を、どのように見ていたのだろう。エッフェル塔のエ、の字も本人から聞いたことがない。フランスについての親子の会話は、あとにも先にも一度だけだ。その頃ロサンゼルスで大学生をやっていた私に、なぜだかわからないが突然国際電話をかけ、「フランスに引っ越せ」と告げたのである。「好きな勉強をしろ」そう言った。私は喜ぶどころか、せっかく英語を覚えたのにまた一からフランス語を学ぶのかと、憂鬱になった。だいたい、なぜ今フランスなのか。ロスにボーイフレンドがいるのが気に食わないのだろうか。「考えさせて」と言ったら、「そういうのはない」と有無を言わさない。最初に留学した時と同じだった。それから割とすぐに父が末期癌であることが分かった。フランスの話は自然に消えた。

三十年以上が経ったが、いまだフランスに行ったことがないのは、そのようなやりとりから、気軽な気持ちで行くことが出来なかったということもあるかもしれない。父の真意は不明だが、おそらくこういうことではないかと今は思う。フランスが巨大な移民社会であること、根強い差別があること、戦争も絡んでいること。されどそれゆえに豊饒なエネルギーがあること。それはある意味アメリカ以上かもしれないこと。もし本当にパリに行っていたら、その歴史の末端で、呼吸をすることが出来たかもしれないと思うと、普通の旅で収まるはずもない。

ここで、安西水丸氏の静物画「スモモ」に描かれた、緑色の文庫本のことを思い出す。（おそらく）昔の「新潮文庫」の装丁であるその表紙には、「サマセット・モーム」の名がアルファベットで記されている。本のタイトルは見えない。同社の文庫は複数出ていて、わが家にもある。モームは私がずっと敬愛してきた作家なのだ。だからというわけではないが、この絵に描かれた本は、『月と六ペンス』だと「勝手に」想像する。実は、本作のタイトルが『1フランの月』だと聞いた時、真っ先に思い出したのが、『月と六ペンス』だった。そして、『月と六ペンス』の舞台の一つは、パリである。小説の中心である、絵に生涯をささげた男はゴーギャン（あるいはゴッホ）がモデルと言われているが、水丸氏は『手のひらのトークン』の中でゴーギャンやゴッホに触れてもいる。だから「スモモ」をはじめて見た時、何か運命であるかのような喜びが沸き上がった。

『1フランの月』でも、すべてが運命のごとく動いていく。パリに着いた「ぼく」は会う約束をしていた友人の写真家からの連絡に〈うしろ髪を引かれるおもいで〉すなわち多分にパリに未練を残したままリスボンへ向かう。しかし友人はリスボンにもおらず、マドリードに移動する。マドリードでやっと再会した友人は、どこか謎めいた女性を連れている。それからまた移動となり、アテネを経てローマに辿り着き、やがてお金がなくなった「ぼく」はある人から絵の仕事を貰って食いつなぐ。そしてローマで会った女性と再会するが、嫌な事件が起こったので、女がローマを出る話をしていたところで小説は途切れている――。

未完である以上、その先は読者に委ねられている。「ぼく」がどこに行くのか。それは、私たち読者の行先でもある。私だったら、そう、「ぼく」が私だったら、〈五日間だけの滞在〉だった憧れのパリに戻るだろうか。いや、謎の女にならってスイスを経て、ベトナムに行くだろうか。あるいは、ゴーギャンのように南洋の島で絵を描き続けるだろうか。いずれにしても、「考えさせて」などという選択肢はない。その先の日常が水平線上にずっと続いている限り、進むしかない。一つだけ未練があるとしたら、〈1フランの月〉が何のことだったのか、ただそれを知りたいだけだ。

出典一覧

カバー、P. 5-11　不明
P. 128-147『NOVARK』NOVA　2001-2002年
P. 151『彼はメンフィスで生まれた』CCCメディアハウス　2005年
P. 162-169『旅』新潮社　2004年11月号

1フランの月《つき》

2024年3月4日　初版第1刷発行

著者　安西水丸《あんざいみずまる》
発行人　大澤竜二
発行　株式会社 小学館
〒101-8001 東京都千代田区一ツ橋2-3-1
電話　編集 03・3230・5890
販売 03・5281・3555
印刷　TOPPAN 株式会社
製本所　牧製本印刷株式会社

協力・安西水丸事務所

ブックデザイン・森本 誠
写真・小平尚典

販売・大磯雄一郎　制作・宮川紀穂
資材・池田 靖　宣伝・根來大策
編集・宮澤明洋

Printed in Japan　ISBN 978-4-09-386717-7